Lorrie Moore est née en 1957. Elle est professeur à l'université du Wisconsin. Nouvelliste et romancière reconnue dans son pays, elle suscite l'admiration de nombreux auteurs anglo-saxons comme Jay McInerney ou Alison Lurie. Son dernier roman, *La Passerelle* (Éditions de l'Olivier, 2010), sorti aux États-Unis en octobre 2009, s'est classé plusieurs semaines dans la liste des meilleures ventes du *New York Times*.

DU MÊME AUTEUR

Anagrammes
Rivages, 1989 et 1993

Vies cruelles
Rivages, 1990 et 1991

Que vont devenir les grenouilles ?
Rivages, 1995 et 1998

Déroutes
Rivages, 2001 et 2003
et « Points », n° P2369

La Passerelle
L'Olivier, 2010

Lorrie Moore

DES HISTOIRES POUR RIEN

NOUVELLES

Traduites de l'anglais (États-Unis)
par Marie-Claire Pasquier

Éditions de l'Olivier

TEXTE INTÉGRAL

TITRE ORIGINAL
Self-Help

ISBN 978-2-7578-1818-3
(ISBN 2-86930-278-9, 1re publication)

Comment devenir une autre femme

Faites connaissance un soir où la ville se trouve plongée dans le brouillard. Comme dans les films policiers, vous portez des impers chic couleur mastic. Commencez par regarder la devanture de Florsheim's, sur la cinquante-septième Rue. Appuyez le front contre la vitre, regardez les ballerines de velours qui tournent autour des derbys à bout fleuri. Sur un monticule de neige carbonique orné de guirlandes, on voit des chaussures blanches comme en porte votre père. À cette heure-là, tous les magasins sont fermés. Votre haleine fait un rond de buée sur la vitre. Tracez du doigt le symbole de la paix. Vous attendez l'autobus.

Lui surgit de nulle part, silhouette de détective à la Robert Culp. Le brouillard roule et s'écarte un instant, puis se referme, dirait-on, derrière lui. Il vous demande si vous avez du feu, et vous sursautez un peu, surprise, mais vous lui tendez votre pochette d'allumettes qui dit : « Lucky's Lounge : là où Loisir rime avec Plaisir. » Il a un rire bien timbré, sympathique, des ongles soignés. Il allume sa cigarette en l'abritant de la main et, comme un type en état de manque, il tire une profonde bouffée. En soufflant la fumée il sourit, il vous rend vos allumettes, il vous regarde bien en face et il vous dit : « Merci. »

Ensuite il reste planté là, pas très loin de vous, à attendre. Peut-être qu'il attend lui aussi l'autobus. En vous balançant d'un pied sur l'autre, vous vous lancez des regards furtifs. Faites semblant d'être complètement absorbée dans la contemplation de la neige carbonique. Vous êtes deux espions qui, le cou enfoncé dans les épaules, le col relevé, jetez de brefs coups d'œil furtifs à votre montre. On dirait, à vous voir, deux ailerons de requin qui fendent lentement le brouillard éclairé par les vitrines et les taxis qui passent. Bientôt vous vous mettez à décrire des cercles, à vous flairer de loin comme les animaux dans la jungle des premiers temps, à vous jauger mutuellement avec l'acuité de Basil Rathbone jouant Sherlock Holmes.

Un bus arrive. Il est bondé, les gens sont là debout, bras en l'air, le regard planté, sans rire, sur l'aisselle du voisin. Une blonde avec des barrettes dans les cheveux descend du bus en tenant ses chaussures à la main.

Agrippant chacun une des barres chromées, vous montez en même temps. Quand le bus redémarre lourdement, bruyamment, vous sortez un livre. Une minute se passe, et il vous demande ce que vous lisez. C'est *Madame Bovary* sous la jaquette de la biographie de Doris Day. Lancez-vous dans une explication sur la distorsion du signal. Il sourit, l'air intéressé.

Retournez à votre livre. Emma ouvre sa fenêtre et pense à Rouen.

« Quel temps », l'entendez-vous soupirer à mi-voix, avec un fond d'accent anglais, ou de Boston.

Levez les yeux. Dites : « À ne pas mettre un chat dehors, ni un chou. »

Remarque idiote. Complètement idiote.

N'empêche que c'est comme ça que vous faites connaissance.

Au cinéma, il est tendre, il vous caresse la main sous le siège.

Au concert, il est gentil, attentionné. Il vous offre des cocktails à l'entracte et vous aide à trouver où sont les toilettes.

Dans les musées, il est affectueux et savant, il vous guide lentement au milieu des urnes funéraires étrusques. Il a fait un semestre d'histoire de l'art à Columbia, il y a de la douceur dans chacun de ses gestes. Il est plein d'indulgence, il rit de toutes vos plaisanteries.

Au bout de quatre films, trois concerts et deux musées et demi, vous couchez avec lui. Vous estimez qu'il y a eu le nombre convenable d'activités culturelles. Sur votre chaîne hi-fi, vous lui faites écouter vos morceaux préférés de musique pour harpe et hautbois. Il vous dit le nom de sa femme. Elle s'appelle Patricia. Elle est avocate, spécialisée dans les questions de propriété artistique et intellectuelle. Il vous dit qu'il vous aime beaucoup beaucoup. Vous êtes allongée sur le ventre, nue, malgré ça vous avez encore trop chaud. Quand il vous dit : « Alors, qu'est-ce que tu dis de ça ? », ne répondez pas « Ridicule », ou bien « Va-t'en, je t'ai assez vu. » Redressez-vous sur un coude, posez le menton sur votre main et dites-lui : « Ça dépend. C'est quoi, la propriété artistique et intellectuelle ? »

Il fait un petit sourire. « Là où Loisir rime avec Saisir. »

Répondez par un petit sourire crispé.

« Je ne voudrais pas que ça te tracasse », dit-il.

Vous vous retrouvez souvent pour dîner ensemble après le bureau. Vous sifflez à vous deux un litre entier de vin rouge en pichet, puis vous parcourez en titubant un peu les deux pâtés de maisons vers l'est, les vingt pâtés de maisons vers le sud qui vous séparent de votre appartement, et vous vous vautrez par terre en plein milieu du living-room sans même enlever vos impers chic couleur mastic.

Il est analyste fonctionnel (elle est bien bonne, vous en avez déjà fait le tour), mais il vous confie que sa vraie vocation, ce serait d'être comédien.

« Et comment es-tu devenu analyste fonctionnel ? » demandez-vous, pince-sans-rire.

« C'est comme n'importe quoi d'autre », répond-il, l'air de réfléchir. « J'ai suivi des cours, et j'ai envoyé des C.V. » Un temps. « Patricia m'a aidé à rédiger un C.V. formidable. Presque trop beau. »

« Ah bon ! » Essayez d'imaginer un C.V. de *maîtresse*, des cours qu'on suivrait, un diplôme. Peut-être que vous n'avez pas le profil de l'emploi.

« Mais je ne suis pas très fort dans ma branche », dit-il en fixant un point dans l'espace, bien au-delà du plafond craquelé. « Calculer le rapport coût-revient de deux cents personnes qui se passent cinq cents pages de documents de part et d'autre d'un bureau d'un mètre cinquante sur un mètre. Je ne suis pas quelqu'un d'organisé, comme Patricia par exemple. Elle, c'est incroyable. Elle fait des listes pour tout, c'est fou de voir ça. »

Vous, d'une voix terne, sans inflexion : « De voir quoi ? »

« Eh bien, toutes ces listes qu'elle fait. »

« Toutes ces listes qu'elle fait ? Et ça te plaît ? »

« En un sens, oui. Les trucs qu'elle a à faire, les trucs à acheter, les clients à voir, tout ça. »

« Des listes ? » murmurez-vous accablée, avec toujours votre imper chic couleur mastic sur le dos. Suit un long silence plutôt tendu. Des listes ? Vous vous levez, vous enlevez votre imper d'un geste, vous lui demandez ce qu'il a envie de boire, et vous mettez le cap sur la cuisine sans attendre la réponse.

À une heure et demie du matin, il se lève sans autre bruit que le froissement léger de ses vêtements pendant qu'il s'habille. Vous n'avez même pas eu le temps de vous endormir pour de bon, mais avant de partir il se penche sur vous dans son imper chic couleur mastic et il pose un baiser sur vos cheveux.

Eh oui, il a embrassé vos cheveux.

CLIENTS À VOIR
Photos d'anniversaire
Rouleau de Scotch
Écrire à TD et à maman.

Officiellement, vous êtes toujours secrétaire chez Karma-Kola, mais vous portez autour du cou, suspendue à une chaîne d'or très ordinaire, votre petite clef de « cacique de promotion », dans l'espoir que quelqu'un finira par vous remarquer et se dira : tiens, on pourrait lui donner de l'avancement. Malheureusement vous avez perdu l'estime de toutes vos camarades de bureau sauf une, et de pas mal de vos supérieurs également, parce qu'ils se crèvent à gagner du fric pour payer des études à leurs filles, comme ça elles pourront faire autre chose que d'être secrétaires, et voilà que vous qui avez un diplôme, ça ne vous a pas empêchée de vous retrouver là. Diplômée en ratage, voilà ce que vous êtes pour eux. Il y a tout de même Hilda qui vous aime bien. Vous êtes jeune et vous lui rappelez sa sœur, celle qui fait du patinage artistique.

« Mais j'ai horreur du patin », lui dites-vous.

Hilda sourit, l'air entendu. « Exactement ce que dit ma sœur, et en plus elle le dit comme toi. »

« C'est-à-dire ? »

« Eh bien, je ne sais pas, avec la frange qui tombe de la même façon, c'est peut-être ça. »

Proposez à Hilda de venir déjeuner avec vous. Pendant que vous mangez vos sandwiches au corned-beef, demandez-lui si elle a déjà eu une liaison avec un homme marié. En pleine bouchée, pendant qu'elle essaie de mener à bien ses acrobaties masticatoires, il lui dégouline de la mayonnaise sur les mains.

« Une fois », dit-elle. « Je n'ai pas eu d'autre amant depuis. C'était il y a plus de deux ans. »

Dites : « Plus de deux ans, ma pauvre ! » comme si c'était une véritable calamité, et puis essayez d'atténuer votre réaction en vous raclant la gorge et en ajoutant : « En fait, ça n'est peut-être pas si terrible que ça. »

« Non », dit-elle en soupirant, brave fille. « Sa femme avait la maladie de Hodgkin, enfin c'est ce que tout le monde croyait. Quand on a fait le vrai diagnostic, quelque chose de bien moins grave en fin de compte, il s'est remis avec elle. Ça te paraît normal, ça ? »

« En un sens, oui », dites-vous sans conviction.

« Tu as peut-être raison, après tout. » Hilda continue à essuyer ses mains couvertes de mayonnaise avec une serviette en papier. « Bon et alors toi, avec qui es-tu ? »

« Quelqu'un qui a une femme qui fait des listes. Elle a la maladie des listes. »

« Et qu'est-ce que tu vas faire ? »

« Pas la moindre idée. »

« Typique », dit Hilda. « Absolument typique. »

CLIENTS À VOIR
Tomates en boîte
Dentifrice biologique
Déodorant biologique

Vitamines C en réclame chez Rexall
Chercher l'adresse du cordonnier de la 32e rue.

« Elle a toujours mené une vie très intéressante, finalement, Patricia », dit-il, tout en fumant une cigarette.

« Ah oui, vraiment ? » dites-vous en écrasant la vôtre dans le cendrier.

Faites une liste de tous les amants que vous avez eus.

Warren Lasher
Ed Catapano, dit « Boule de gomme »
Charles Deats, ou Keats
Alfonse

Fourrez la liste dans votre poche. Laissez-la traîner avec ostentation. Arrangez-vous pour la perdre. Faites *in petto* des plaisanteries sur les actes manqués. Refaites-en une autre.

Murmurez « Oh, ne t'en va pas déjà », au moment où il sort du lit en douce, un peu avant l'aube, et que vous êtes là, allongée sur le dos, enfin au frais, nue sous le drap, sentant la sueur, le musc, l'oignon. Sentez-vous molle et grisâtre, comme une serviette qu'on aurait oubliée au vestiaire. Regardez-le remettre son pantalon, son pull, ses chaussettes et ses chaussures. Allongez le bras et serrez sa cuisse dans vos mains pendant qu'il se baisse pour vous donner un rapide baiser en vous disant : ne te lève pas, je refermerai la porte en partant. Dans la pénombre cendrée, vous le voyez qui sourit d'un pâle sourire coupable et qui, à la porte, vous fait de la main un petit signe incertain. Retournez-vous sur le côté, face au mur, pour ne pas voir la porte se refermer. Vous l'entendez malgré tout qui claque sourdement, vous entendez ensuite le trousseau de clefs qui tinte et la clef qui tourne dans la serrure. Vous entendez le bruit de ses pas qui décroît quand il descend l'escalier, vous entendez la porte d'entrée qui se referme, et puis plus rien. Les bruits qui continuent à émaner de lui se fondent dans la ville, il est un visage anonyme dans un bus qui remonte l'avenue ou dans un taxi mal chauffé. Quand un camion passe dans la rue, en direction du Queensboro Bridge, la chambre et l'immeuble entier vibrent de toutes leurs vitres.

Demandez-vous qui vous êtes.

« Salut, c'est Attila », dit-il en prenant une voix faussement enrouée au téléphone, quand vous êtes au bureau.

Gloussez. Comme une idiote. Dites « Salut, Roi des Huns ».

Hilda se retourne vers vous d'un air qui dit : ça va pas la tête. Haussez les épaules.

« Tu veux qu'on se voie pour déjeuner ? »

Répondez : « Qu'on se foie ? Je ne mange pas de foie, moi, Monsieur. »

« Très drôle », dit-il sans rire et, à déjeuner, il vous donne ses tomates.

Buvez deux immenses verres de vin, souriez à toutes ses plaisanteries de bureau ou de belle-mère. Il a les yeux qui brillent, avec des petites rides au coin, le visage luisant, content. Quand la serveuse débarrasse, il y a un moment de silence pendant lequel vous baissez tous les deux les yeux, puis vous relevez la tête en même temps.

« Tu es de plus en plus belle », vous dit-il, et vous, vous tenez votre verre de vin appuyé contre votre nez, cependant que le bourgogne descend dans votre gorge. Reposez votre verre. Rougissez. Souriez. Tripotez votre petite clef au bout de sa chaîne.

Quand vous vous levez pour partir, respirez à fond. Devant le restaurant, quand vous vous séparez pour partir chacun de votre côté, ne l'embrassez pas devant tout ce monde qui se bouscule à l'heure du déjeuner. Le bureau de Patricia est tout à côté, et c'est l'heure où elle choisit volontiers d'aller à la banque. Il tend le dos et jette autour de lui des regards de panique. Non, contentez-vous de faire un chassé pour imiter Barbra Streisand dans un de ses films. Agitez la main comme un drapeau, et dites : « À la prochaine *foie* ».

Dans l'immeuble de votre bureau, l'ascenseur est lent, bondé, et vous oubliez de descendre au dixième, vous êtes obligée de refaire tout le trajet du dix-neuvième au dixième. Vous n'êtes pas revenue depuis cinq minutes à votre table de travail, encore tout étourdie, que le téléphone sonne.

« Retrouve-moi demain à sept heures devant Florsheim's, dit-il, et je t'enlève pour t'emmener dans mon château. Patricia va à un congrès sur les droits d'auteur. »

Gelée, faites le pied de grue devant Florsheim's jusqu'à sept heures vingt. Il finit par surgir tout essoufflé et s'excusant (il arrive tout droit de l'aéroport), imper flottant au vent, et il vous entraîne dans son sillage, à toute allure, jusqu'au quartier des musées : il se trouve qu'il habite à côté des musées. Demandez-lui ce que c'est qu'un congrès sur les droits d'auteur.

« Là où Loisir rime avec Saisir *et* avec Plaisir », dit-il en souriant, assez content de lui, et là-dessus il accélère de plus belle. Il vous embrasse sur la tempe, d'un geste il dégage vos cheveux de votre joue.

Au bout de vingt minutes vous arrivez à son immeuble.

« Alors c'est là ? » Le portier du château a la braguette ouverte. Souriez poliment. Dans l'ascenseur, dites : « Il faut qu'une braguette soit ouverte ou fermée. »

L'ascenseur fait un drôle de bruit, tout au long des huit étages, comme quelqu'un qui se raclerait la gorge en permanence.

Une fois qu'il a réussi à déverrouiller la porte de l'appartement, il vous fait entrer dans un living-room en forme de L, tout encombré de plantes et de posters qui vous signalent des expositions qu'on ne peut plus aller voir depuis au moins six ans. La cuisine est dans un coin, minuscule, très *clean*, un vrai petit laboratoire, avec, au mur, toute une armée d'instruments chromés agressifs et astiqués comme des lames. Arpentez la pièce en tous sens, comme un chien qui flaire son territoire. Jetez un œil dans la chambre : au milieu, comme une fleur géante, trône un lit immense recouvert d'un couvre-lit en patchwork à l'ancienne. Sur une des tables de nuit se dresse une petite photo d'une femme en costume de ski. Brrr.

Retour dans le living. Il prépare des cocktails à base de whisky. « Alors c'est là », redites-vous avec un petit sourire forcé, un bizarre sentiment d'oppression. Allumez une de ses cigarettes.

« Je peux prendre ton imper ? »

Ayez une réaction en porte à faux. Dites : « J'aime le beige. Je trouve ça pratique. »

« Qu'est-ce qui ne va pas ? » dit-il en vous tendant votre verre.

Envisagez alors plusieurs possibilités :

1. Ouvrir brutalement votre imper en envoyant les boutons dinguer, par ricochets successifs, dans les fougères ;
2. Aller dans la salle de bains vous gargariser avec l'eau chaude du robinet ;
3. Redescendre et héler un taxi pour rentrer chez vous.

Il pose ses lèvres sur votre cou. Entourez-le timidement de vos bras. Murmurez-lui à l'oreille : « Il y a une femme, euh, une autre femme dans ta chambre. »

Au milieu de la nuit, quand il dort à poings fermés, étalé en travers de vous, expédiez lentement votre bras gauche vers la table de nuit comme le bras articulé d'un robot qu'on aurait programmé pour une mission secrète, et ramenez tout près de vous la photo en costume de ski. Par-dessus son épaule, analysez le portrait. Joli sourire, les cheveux courts, pas de sourcils, des narines dilatées. Quant au corps, il est indéchiffrable, engoncé qu'il est dans un amas de laine, de duvet, de nylon.

Dégagez-vous en douceur, comme une corne à chaussures, de son corps endormi – il émet un grognement assoupi – et dirigez-vous vers la penderie. Ouvrez-la en la faisant grincer le moins possible, et examinez les vêtements. Des chemisiers beiges, pour la plupart, et plein de choses marron. Allumez la lumière de la penderie. Regardez les chaussures. Elles sont toutes alignées bien sagement par paires posées sur le plancher. Escarpins noirs, sneakers bleus, mocassins marron, chaussures à bride marron. Des chaussures qui ont fréquenté une université chic, dans le Massachusetts par exemple. Regardez l'intérieur des chaussures. Elle a les pieds bien plus grands que vous. On dirait des petits missiles.

À l'intérieur de ces chaussures, vous voyez soudain des dizaines d'yeux qui remuent les paupières, qui vous dévisagent, vous interpellent. Ils sont plus ou moins amicaux, complices, votre expédition les amuse, on dirait des petits marins qui sourient dans l'ouverture des écoutilles de toute une flotte de sous-marins. Éteignez la lumière et refermez vite la porte avant qu'ils se mettent à parler ou à danser ou Dieu sait quoi. Allez vite vous recoucher, et fourrez la tête dans le creux de son aisselle.

Le lendemain matin, il vous prépare votre petit déjeuner. Un plat avec des œufs, des champignons, et de la sauce piquante.

Servez-vous de sa brosse à dents. La rouge. Apercevez dans la glace une figure trop bouffie pour être la vôtre. Demandez-vous si vous n'auriez pas par hasard pris sa brosse à dents à elle. Une femme et une maîtresse qui se partageraient la même brosse à dents *ad vitam aeternam* sans jamais s'en apercevoir. Regardez dans l'armoire à pharmacie :

Midol
fil dentaire
Tylénol
Merthiolate
un paquet de huit limes à ongles en papier émeri
rasoirs et lames jetables
deux tubes de dentifrice pressés par le milieu : du Crest et du Sensodyne
Sparadrap
Nivéa
alcool à 90°
trois petits savons individuels à la lavande volés dans un hôtel

Dans la rue, un peu partout, vous croyez la voir, cette voleuse de savons. Chaque femme qui passe, c'est elle. Vous sentez partout l'odeur de lavande : c'est elle. Quelqu'un qui attend à côté de vous sur le quai du métro : pas de doute, c'est elle. Près de la Marine Midland Bank, chez le traiteur, une femme qui fait la queue derrière vous. Elle a des mains blanches soignées à la Nivéa, elle a l'air de quelqu'un qui fait du ski : mon Dieu, si c'était elle ! Ayez-en des sueurs froides. Chaque fois que vous voyez des narines dilatées, étudiez-les avec une curiosité clinique et une terreur non dissimulée. Scrutez les pieds. Louchez sur les escarpins. Et puis détournez vivement le regard comme une femme, une femme autre que vous, qui n'aurait plus toute sa tête à elle.

Quand vous déjeunez seule, ou en sortant du bureau, continuez à dévisager toutes les femmes de plus de douze ans, à fixer leur nez et leurs chaussures. Ayez le visage en feu, sortez deux fois en catastrophe de chez Bergdorf's, persuadée que c'est elle qui vient une fois de plus de se choisir une jupe marron au rayon des soldes, avec sa boîte de Tylénol qui dépasse un peu au coin de son sac à main. Asseyez-vous sur un muret de granit devant le building de la General Motors, n'arrivant pas à reprendre votre souffle. Écoutez un vieillard chanter *Le Bonhomme de neige*. Perdez toute notion du temps.

« Tu es en retard », murmure Hilda en se retournant vers vous. « Carlyle est déjà passé deux fois pour demander où tu étais et pour savoir si le rapport sur l'étude de marché est fini de taper. »

Dites dans votre barbe : « Merde. » Vous n'en êtes qu'aux T : Tennessee. La consommation de Karma-Kola par dollar-kilomètre carré du marché. Chiffres pour la période juillet 1980-octobre 1981.

Texas – année fiscale 1980
Texas – année fiscale 1981
Utah.

On a l'impression de taper un annuaire téléphonique. Les larmes vous montent aux yeux.

CLIENTS À VOIR

1. Tombée amoureuse (?) Perdu le contrôle de la situation. Qui est ce type ? Qui suis-je ? Et qui est sa femme avec ses skis, ses narines et son Tylénol ? Est-ce qu'elle a des orgasmes ?

2. Reprends-toi en main. Recolle les morceaux.

3. Tout ce que tu fais est une forme ou une autre de masochisme. Pourquoi ça ?

4. Est-ce que tu ne t'aimes pas ? Est-ce que tu ne mérites pas mieux que ça ?

5. Besoin : de quelque chose qui te soulève, qui te transporte, qui te fasse reprendre goût aux petites choses de la vie, qui te caresse l'oreille, qui te passe la main dans les cheveux et qui t'appelle tous les jours sans faute.

6. Une drogue.

7. Un homme.

8. Une religion.

9. Un travail intéressant. Mets ton CV à jour, envoie-le un peu partout.

10. Rappelle-toi ce que disait ton instituteur, monsieur Kloosterman, quand tu étais petite : Mes enfants, estimez-vous heureux d'avoir des jambes.

« Qu'est-ce que tu vas faire pour Noël ? » demande-t-il, affalé sur votre divan.

« Je ne sais pas. Sans doute aller voir mes parents dans le New Jersey. » Un temps. « Tu veux venir ? Faire connaissance avec ma famille ? »

Sourire indulgent, paternel, débordant de bonté. « Charlene », dit-il d'une voix caressante, et il s'assied pour vous tapoter la main, votre ri-di-cule petite main.

Il vous fait cadeau d'une paire de pantoufles en cuir. C'est ce que vous aviez demandé.

Vous lui faites cadeau d'un livre sur les voitures.

« Maman, ouvre d'abord le rouge. L'autre paquet va avec. »

« Un moulin à café, ah, merci beaucoup, ma chérie. » Elle vous applique sur la joue un baiser mouillé, les yeux tout embrumés par l'émotion de Noël. Elle vous trouve formidable. C'est votre plus grande admiratrice. Elle vieillit, elle montre des signes de ménopause. Elle s'obstine à croire que vous êtes directrice-adjointe chez Karma-Kola. Ce qu'elle voudrait, plus fort que tout, c'est être vous.

« Là, ce sac, c'est du café colombien en grains, et là c'est du décaféiné aromatisé au chocolat. »

Votre père s'agite dans son coin, il regarde sa montre, il pense qu'il serait grand temps que votre mère aille surveiller la bête dans le four.

« Du décaféiné », dit-il. « C'est pour moi ? »

Répondez : « Oui papa, c'est pour toi. »

« Qu'est-ce qu'il fait, dans la vie ? » demande votre mère plus tard, dans la cuisine, une fois la vaisselle terminée.

« Il est analyste fonctionnel. »

« Qu'est-ce qu'ils font, les analystes fonctionnels ? »

« Eh bien, ils se marient pas mal. Ils ont généralement tendance à être tous mariés. »

« Charlene, ne me dis pas que tu as une liaison avec un homme marié. »

« Maman, tu pourrais dire les choses autrement. »

« Tu vas au-devant de graves ennuis », dit-elle lentement, et elle se remet à frotter son argenterie avec une énergie farouche.

Demandez-vous pourquoi c'est toujours *après* les repas qu'elle décide de faire l'argenterie.

Appuyez-vous contre le réfrigérateur et jouez avec les gadgets aimantés.

Dites avec une grande douceur : « Je sais, ce n'est pas quelque chose que tu ferais, toi. »

Elle lève les yeux vers vous, les lèvres tremblotantes, avec une mèche de cheveux poivre et sel qui tombe sur ses yeux embués ; le produit rose pour faire l'argenterie sèche et s'écaille sur ses mains, sur son alliance. Elle s'arrête de frotter, repose une cuiller sur la table, baisse les yeux puis à nouveau vous regarde, l'air éperdu, comme une petite fille. Elle secoue la tête, et elle fond en larmes.

« Tu m'as manqué », lance-t-il avec une exubérance d'adolescent. Il arpente le living-room d'un pas élastique, comme un gosse qui devrait être au lit depuis longtemps mais qui veut à tout prix poser une question d'abord. « Qu'est-ce que tu as fait chez tes parents ? » Il vous frictionne la nuque.

« Oh, comme d'habitude. Le soir du réveillon je suis allée dans une discothèque à Morristown avec ma cousine Denise, mais je n'étais pas habillée pour. Pour faire plaisir à ma mère, j'avais mis la jupe écossaise et le chandail à col roulé qu'elle m'avait donnés, mais on voyait mon jupon qui dépassait. »

Ça le fait sourire. Attendri, il vous pose un petit baiser sur la joue.

Continuez : « Il y avait trois types, avec des chemises rouges et des chapeaux en papier, qui n'arrêtaient pas de m'inviter à danser. Je crois qu'ils n'étaient même pas ensemble, ni frères ni rien. Bref j'ai dansé, et quand on a joué *New York City Girl*, tu sais, la chanson qui dit que les femmes des grandes villes sont toutes des vamps, je me suis trémoussée comme une folle, et mon jupon est tombé par terre. J'ai essayé de le remonter, mais finalement j'ai été obligée de l'enlever complètement et de le fourrer dans mon sac. Quand minuit a sonné, j'ai pleuré. »

« Mon pauvre chou, ça a dû être affreux », dit-il, et il serre dans sa main la base de votre nuque.

Répondez : « Affreux. »

« Je me demande si je ne vais pas parler à Patricia. »

Montrez-vous sceptique. Demandez-lui : « Qu'est-ce que tu lui diras ? »

Il se lance avec confiance. « Je lui dirai : "Ma chérie, j'ai quelque chose à te dire."

« Alors elle lèvera les yeux de son porte-documents bourré de circulaires, et elle fera : "Mmmm ?"

« Alors je dirai : "Ma chérie, j'ai comme l'impression que je suis en train de tomber amoureux d'une autre femme, et ce que je peux t'affirmer en tout cas, c'est que je fais l'amour avec elle."

« Alors elle dira "Hein, quoi, qu'est-ce que tu viens de dire ?"

« Et je dirai : "L'amour, je fais l'amour."

« Alors elle éclatera en sanglots inconsolables, et à ce moment-là, qu'est-ce que tu feras ? »

Un ange passe. Il décroise les jambes, prend l'air perplexe. « Eh bien… je lui dirai… que c'était pour plaisanter. » Il serre très fort votre main dans la sienne.

Rasez-vous les jambes dans le lavabo. Philosophez : tu es passée au rang de *maîtresse*, tu fais partie d'une grande tradition hystérique, je veux dire historique. Les épouses sont comme les cancrelats. Autre grande tradition historique. En cas d'attaque nucléaire, elles survivront, elles sont solides et fortes, et elles voyagent par bandes – mais dans l'immédiat elles n'ont pas la vie drôle. Et quand vous regardez dans la glace de la salle de bains, vous les voyez qui détalent vite fait, hors de votre portée.

Une heure à prendre un verre ensemble après le bureau, un petit tour chez Barnes & Nobles pour regarder les livres qui viennent de sortir, et puis il regarde sa montre, il vous jette un petit baiser, et il dit : « Bonsoir. Je t'appelle bientôt. »

Sortez de la librairie avec lui. Restez plantée là, transie mais amène. Dites : « Je t'appelle tout à l'heure » serait plus agréable à entendre que « bientôt ». « Bientôt », ça veut toujours dire le contraire.

Il esquisse un pâle sourire. « Je te téléphone dans quelques jours. »

Une fois qu'il est reparti, filant d'un bon pas sur la Troisième Avenue, regardez la pointe de vos chaussures, donnez un coup de pied dans un mégot qui traîne, et prenez l'air sale gosse, comme si vous aviez quatorze ans, pour lancer entre vos dents : « Et va te faire foutre. »

Certains soirs, il dit qu'il essaiera de passer, mais que ça n'est pas sûr. Ces soirs-là, à tout hasard, passez deux heures à prendre une douche, à vous habiller, à vous maquiller de façon méconnaissable, comme un travesti. Et puis, comme il se fait tard et que vous travaillez le lendemain, allongez-vous sur votre lit comme ça, parfumée, dans un long peignoir flottant en dentelles, absurde. En fait ce n'est pas un peignoir, c'est ce qu'on appelle une robe d'intérieur, ou une robe d'hôtesse. Allongée avec une grâce infinie sur le dessus-de-lit, avec la bougie qui se consume peu à peu dans son bougeoir, somnolez par intermittence. La lampe du living-room est restée allumée près de la fenêtre, et vous avez déverrouillé la porte pour le cas où il arriverait dans une hâte passionnée en ayant oublié sa clef. La 14e Rue n'est qu'à deux cents mètres à peine, vous risquez votre vie pour lui, posée là sur le lit comme une pièce montée, avec la porte que n'importe qui peut ouvrir, et croyant à tout instant l'entendre dans l'escalier, mais non. Il ne vous manque plus qu'une fleur au corsage. Une orchidée épinglée sur le revers de votre robe d'intérieur flottante, là ça serait vraiment le bouquet. Dites-vous : mais qu'est-ce qui m'arrive ? Qu'est-ce que je fabrique là, allongée sur ce dessus-de-lit, couverte de bijoux et de mascara, empestant le parfum, à faire comme si, mon Dieu, c'était pour moi la chose la plus habituelle du monde, et pendant ce temps-là un dangereux maniaque armé de six couteaux à viande tout neufs s'apprête à entrer à pas de loup par la porte qu'il suffit de pousser. Enfin rappelle-toi : au collège de Blakely Falls, Willis Holmes aurait donné n'importe quoi pour être avec toi. Tu n'as aucune raison de supporter ça. Au bal de fin d'année, tu avais toujours un succès fou.

Un camion passe, assourdissant.

Une bande de jeunes sourds-muets, qui sortent probablement d'une fête à l'une des écoles du quartier, font du chahut sous vos fenêtres. Ils poussent toutes sortes de cris barbares. C'est sans doute pour s'amuser, mais ils n'entendent pas le bruit qu'ils font, et la nuit tout bruit prend une qualité menaçante, une qualité animale.

Votre radio-réveil dit : 1.45.

Demandez-vous si vous n'êtes pas en train de devenir une vieille femme au bout de son rouleau. Racontez-vous que vous n'êtes plus vous-même, mais une autre femme :

votre tante Phyllis, qui est restée vieille fille ;

une barmaid aguichante ;

un travesti tout pailleté de Greenwich Village qui s'est perdu en chemin.

Quand sept jours de suite se passent sans que vous ayez de ses nouvelles, envoyez des petites cartes postales spirituelles à vos anciens flirts du temps où vous étiez étudiante. Quand il finit, le huitième jour, par vous appeler au bureau, et qu'il vous murmure au téléphone des choses érotiques en allemand, restez laconique. Dites : « *Ja... nein... ja.* »

Pendant le déjeuner, bouche pincée devant votre crème de chou-fleur, demandez-lui ce qu'ils peuvent bien fabriquer quand ils sont ensemble, sa femme et lui. Il hausse les épaules, il dit : « On fait le ménage, on mange, on se dispute à propos du rideau de la douche. Pourquoi poses-tu cette question ? »

Dites : « Je n'en sais rien. Très déplacé, comme question, je reconnais. »

Il vous gratifie d'un regard de sympathie qui ramènerait à la vie un chat crevé. « Tu es fâchée parce que je ne t'ai pas appelée. » Il se penche et allonge la main pour toucher vos doigts. Retirez votre main. Dites : « Tu te flattes. » Ayez le regard fuyant. Mettez la main devant vos yeux comme si vous aviez mal à la tête. Dites : « Excuse-moi, je t'en prie. »

« Ce n'est pas grave », dit-il.

Et vous pensez : « Il y a quelque chose qui ne va pas. Qui est à l'envers. » Une anomalie comme quand on vous dit « cherchez l'anomalie » dans les journaux pour enfants qu'on trouve dans les salles d'attente des dentistes. Rages de dents. Maux de ventre. Mon Dieu, cette soupe. Demandez à sortir de table, et filez aux toilettes. Claquez la porte des cabinets. Adossez-vous contre elle. Plongez le regard à l'intérieur de la cuvette.

Hilda se fait du souci pour vous et vous propose de sortir avec un cousin à elle de Brooklyn.

Demandez du bout des lèvres : « Comment s'appelle-t-il ? »

Elle vous regarde d'un air sévère. « Mark. Il est banquier. Et qu'est-ce que c'est ces manières, Mademoiselle ? »

Mark vous commande une bière dans un café grec à côté du cinéma.

« Alors vous êtes secrétaire ? »

Froncez le nez, et dites finement : « Je dirais plutôt *sédentaire* », et regardez-le, horrifiée, qui s'esclaffe à n'en plus finir.

Dites : « En fait, ce que j'aurais vraiment dû faire, c'est de la danse. Tout le monde me l'a toujours dit. »

Mark sourit. Ça lui plaît, cette idée de vous en danseuse.

Regardez-le froidement. Dites : « Mais non, personne ne m'a jamais dit ça. J'invente. »

Pendant tout le film, vous oubliez de lire les sous-titres, au lieu de ça vous vous demandez si vous allez ou non coucher avec Mark le banquier.

Regardez-le en catimini. Dans le noir, son profil prend une allure solennelle, mystérieuse. Enfin presque. Il s'aperçoit que vous le lorgnez et il se tourne vers vous pour vous faire un clin d'œil. Seigneur ! On dirait, ma parole, qu'il s'agit pour lui d'un investissement. C'est ça, les banquiers. Poussez un soupir. Regardez droit devant vous. Dites-vous qu'en fin de compte vous n'avez pas le courage, et que ça vous BARBE !

« Je suis sortie avec quelqu'un. »

« Ah bon ? »

« Un banquier. On a été voir un Godard. »

« Bon… très bien. »

« Comment ça, très bien ? »

« Je veux dire, pour toi, Charlene. C'est bien que tu fasses des choses comme ça de temps en temps. »

« Mmmm. Il est bourré de fric. »

« Tu t'es bien amusée ? »

« Non. »

« Tu as couché avec lui ? »

« Non. »

Il vous embrasse, presque avec gratitude, sur l'oreille. Dégagez-vous. Secouez la tête. Mentez. Dites : « Je veux dire, oui. »

Il hoche la tête. Regarde ailleurs. Ne dit rien.

Découpez un vieux calendrier en bandes représentant chacune une semaine. Disposez-les sur le linoléum de votre cuisine. Ça fait un graphique étalé par terre qui vous permet de compter depuis combien de semaines vous êtes passée au rang de *maîtresse*. Treize. Mettez des croix sur tous les jours fériés.

Allez faire une promenade dans le froid. Trois petites filles qui jouent sur les marches hèlent en riant les types qui passent : « M'sieu, M'sieu ! » Passez près d'elles. Pensez : elles n'ont jamais eu d'orgasme.

Une femme blonde avec des barrettes dans les cheveux vous dépasse, pieds nus dans ses bas, tenant ses chaussures à la main.

Vous avez un certain nombre de choses à lui dire.

CLIENTS À VOIR

1. Cette situation est dégradante.

2. C'est contraire aux lois de la décence. Est-ce que je ne suis rien d'autre pour toi qu'une espèce de garce ou qu'une espèce de putain ?

3. Mon besoin d'affection n'est pas satisfait.

4. Pourquoi ne dis-tu jamais « Je t'aime », ou bien « Reste dans mes bras mon petit crapaud adoré », ou bien « De désir me font brûler tes beaux yeux, mon trésor en sucre rose » ?

Au coup de téléphone suivant, il vous dit : « J'ai rêvé de toi, et tout d'un coup je me suis réveillé en sursaut avec un grand malaise. »

Dites : « Je te plains. Moi aussi je déteste me réveiller avec des grands balaises. »

Il rit d'un beau rire de ténor, bien timbré, bien modulé, qui vous réchauffe jusqu'à la moelle des os. Et tout d'un coup, une illumination : peut-être que c'est ça, le fin mot de l'histoire. Les gens sont prêts à tout pour un éclat de rire qui les séduit vraiment.

Ne perdez pas de vue vos résolutions. Cherchez fébrilement votre liste. En bredouillant, dites les choses de l'air le plus convaincant possible.

Dites : « Je subis les pires outrages entre tes mains. Je suis une véritable martyre. Je suis traînée dans la boue. Tu crois que je plaisante, mais crois-moi, je souffre. »

« C'est pour ça. »

« Pour ça que quoi ? »

« C'est pour ça. »

« En fait tu t'en fiches. » Faites la grimace. Un peu trop pitoyable, le ton.

« Mais c'est faux. »

Bizarrement, ça vous laisse sans voix.

Il continue. « Tu connais ma situation… ou peut-être que non. » Un temps. « Charlene, qu'est-ce que tu veux que je fasse ? Les pieds au mur ? »

Murmurez : « Oui, s'il te plaît, fais les pieds au mur. »

« Il est dix heures », dit-il, « j'arrive. Il faut qu'on parle, tous les deux. »

Ce qu'il a à vous dire, c'est que Patricia n'est pas sa femme. Il est séparé de sa femme ; elle s'appelle Carrie. (Carrie ! Maudit sois-tu carri-llonneur, que Dieu créa pour mon malheur…). Patricia est la femme avec qui il vit.

« Tu veux dire que je fais partie de tout un petit harem ? »

Il vous regarde, déconcerté. « Charlene, ce que j'ai toujours admiré en toi, depuis le début, c'est ta force, ton indépendance. »

Dites-lui : « On la connaît, celle-là. »

Dites-lui de ne pas fumer dans votre appartement. Dites-lui de fiche le camp.

Il commence par protester. Mais finalement, avec une lenteur infinie, il s'en va, en relevant le col de son imper chic couleur mastic, comme un Robert Culp vieilli, vaincu.

Claquez la porte comme Bette Davis.

L'amour s'écoule de vous, éliminant du même coup votre glycémie et votre rétention d'eau. Vous êtes comme une maison qui perdrait progressivement son électricité, les ventilateurs ralentissent, les lumières faiblissent, clignotent ; les horloges électriques s'arrêtent, repartent, s'arrêtent.

À Karma-Kola, les jours se traînent, sans but, se cognant les uns dans les autres comme des vieux clowns qui ne font plus rire personne.

En avril, on vous donne une augmentation. Célébrez la chose en emmenant Hilda déjeuner au Plaza.

Envoyez votre candidature à des universités pour faire un troisième cycle.

Envoyez une carte d'anniversaire à Mark le banquier.

Faites de longues promenades le soir dans le froid. La blonde avec des barrettes dans les cheveux continue à se dépêcher, hors du temps, toujours avec ses chaussures à la main. Elle s'est fait couper les cheveux.

Il vous appelle de temps en temps au bureau pour savoir comment ça va. Vous griffonnez des chiffres et des petits dessins sur le coin de vos fiches. Tripotez votre petite clef au bout de sa chaîne. Ayez le regard qui se perd à l'horizon. Vous répondez invariablement : « Très bien, très bien ».

Ce qui est repris

Ma mère avait épousé un homme froid de nature. Pas un homme incapable de la faire rire, non, il était souvent drôle, il faisait le clown au milieu du living-room : il se mettait par exemple à chanter des *nursery rhymes* en prenant l'accent italien, ou bien il s'accrochait une olive à la boutonnière, il racontait des blagues où il y avait toujours un poulet, un éléphant ou un idiot. Deux fois par an, il jouait dans les spectacles que montait le groupe musical de la ville, et il avait le plus souvent le rôle comique. Alors il lui arrivait de répéter son rôle dans la cuisine pendant que ma mère s'affairait, et il la faisait sourire malgré elle, ou même pouffer de rire dans son bol de pâte à choux. Mon père enseignait la clarinette et les maths au collège de Crasden. Il avait apparemment le don de se faire aimer des gens, et savait accomplir des prouesses avec les problèmes de robinets, j'en avais des échos. Les gens voyaient en lui quelqu'un de peu ordinaire. Original, disaient-ils. Un talent. Mais quand il faisait l'amour à ma mère, il n'ouvrait jamais les yeux, il gardait la tête tournée pour ne pas la voir, et ensuite il lui jetait un regard dur, presque méchant, puis il se retournait avec raideur de son côté, face au mur. Et si par hasard elle lui embrassait l'épaule, lui caressait le bras ou posait la main sur son dos nu, il se dégageait avec un frisson. C'est elle qui m'a raconté ça avant de mourir. Le regard posé sur les rideaux au fond de la pièce, elle m'a raconté ça.

Nous habitions au bord d'un lac et la nuit, on entendait l'eau qui venait cogner et laper contre les pilotis. Nous avions aussi une barque attachée au ponton qui venait taper contre le bois quand l'eau était agitée. « Maman mon vieux bateau » chantait parfois James pour être drôle, au lieu du « Maman les p'tits bateaux » que notre mère nous avait appris. James et moi partagions le grand lit de la chambre du premier étage qui donnait sur le lac, et il nous arrivait de nous réveiller le matin les yeux dans les yeux. La nuit, nous passions des heures à attendre que la vie sous-marine se réveille comme par magie : quand personne n'était là pour les voir, qu'il faisait nuit noire, et qu'on n'entendait pas un bruit à part un très léger bercement, c'est alors que les poissons s'enhardissaient, qu'ils mettaient des vestes rose et orange et qu'ils allaient au bal, tout souriants, avec violons et éventails exotiques.

James était mon frère adoptif – à moitié indien, à moitié catholique de Pennsylvanie. Ses parents s'étaient connus quand ils étaient étudiants. En 1958, son père était retourné vivre dans une petite ville au nord de Calcutta, et sa mère avait fait une dépression nerveuse. Elle était venue habiter Crasden, mais ensuite elle était tombée malade et elle était morte. James était devenu pupille de l'État, et il était venu vivre chez nous à l'âge de cinq ans, quand moi j'en avais quatre ; nous ne parlions jamais de son passé. Il avait des cheveux noirs et lisses, et un grand sourire aux dents blanches. Je trouvais ça drôle qu'il ait les lèvres brunes et que tous les soirs il se gratte la langue avec un grattoir en bois. « Sois gentille avec James », avait dit ma mère. « C'est ton frère maintenant. » Il pleurait quelquefois, mais pas très souvent.

Les pièces de notre maison étaient comme des chansons. Chacune possédait son propre rythme, son équilibre particulier dans la distribution des vides et des pleins. En plissant les yeux, cela faisait comme une partition musicale, avec des groupes de croches, des séries de triolets, et pour clef de sol le dessin arrondi des portes en bois, le tout se fondant en une sorte de concerto. La salle de bains, avec son plastique rouge et ses motifs de marguerites, était plutôt comme une rengaine : quelque chose de limité, de plaisant, de fonctionnel. La bibliothèque du living-room, elle, était symphonique, avec tous les livres amicalement rassemblés qui formaient un vaste chœur bourdonnant. Ils étaient là, tous ensemble, derrière des portes vitrées qu'on ouvrait à l'aide de boutons de cuivre passablement branlants. Sur l'étagère du bas, ma mère avait aussi mis ses albums de photos ou de souvenirs, ainsi que les gros volumes lourds tels que *L'Histoire du monde* de Smith, ou *Le Trésor des contes pour enfants*. Dans l'un des albums, il y avait des photos d'elle en noir et blanc depuis qu'elle était toute petite. Les longs jours de grisaille, je sortais cet album pour le regarder. À neuf ans, je le connaissais pratiquement par cœur. Regarder ces photos, découvrir ces moments pris sur le vif, j'avais l'impression que c'était une façon de mieux connaître ma mère, de m'identifier à elle, de faire d'elle une femme qui a connu des aventures, une héroïne de roman ou de film. Les photos semblaient douées d'une sorte de pouvoir. Aujourd'hui encore, en prenant mon café devant la télévision, il m'arrive de feuilleter l'album.

Une photo où elle a six ans et une frange d'un blond presque blanc à cause du soleil. Elle porte une robe de soleil blanche, elle est debout à côté d'un grand tricycle, face à l'objectif elle louche et elle fronce les sourcils. Ronchon. C'est l'expression qu'a employée ma mère. « Ah oui, là c'est moi, la petite ronchon, qui pleurniche pour avoir une limonade. »

Ma mère aimait chanter, mais elle attendait que mon père ne soit pas là, parce qu'il voulait toujours corriger la tonalité, l'obliger à se tenir droite, la convaincre de mieux utiliser ses poumons et son diaphragme. « Ne sois pas comme une mule qui brait. Il faut te servir de toute ta cage thoracique. » Assise sur la banquette du piano, elle gardait les yeux fixés sur la partition et tapait obstinément sur le do avec un seul doigt, comme en état d'hypnose. « Va tondre la pelouse, Enrico », disait-elle parfois, ce qui était une plaisanterie, étant donné que le vrai nom de mon père était Sam, et que nous n'avions pas de pelouse à proprement parler, tout juste une pente couverte de rochers qui dévalait de la route jusqu'au lac. De l'autre côté de la maison, il y avait un petit ruisselet qui coulait avec précaution, goutte à goutte, sur les rochers, comme s'il avait peur de se blesser en chemin.

Le soir, la lumière éteinte, quand nous avions fini nos prières, ma mère chantait pour James et pour moi. On la trouvait formidable tous les deux. Elle chantait par exemple *Down by the Old Mill Stream*, ou bien un tube de Cole Porter qui datait de l'époque où elle était étudiante. Elle adorait Frank Sinatra. Elle se mettait près de notre lit, et elle faisait ses imitations en se servant du montant du lit comme d'un micro, et à la fin on l'applaudissait tant qu'on en avait mal aux mains. (À la fin de *Pennies from Heaven*, elle déposait un penny sur chacun des montants du lit pour qu'on les trouve le lendemain matin.) « Merci, merci », murmurait-elle avec un beau rire de gorge, et elle se penchait sur nous, souriante, pour poser sur nos joues un baiser mouillé. Je sentais ses longs cheveux noirs me caresser la poitrine et le menton, je respirais leur odeur sèche, une odeur de savon. Si la lune était sortie, éclairant le lac, cette lumière du lac brillait à travers les persiennes, dessinant des rayures sur les cheveux de ma mère, sur sa figure, ou sur la manche de son chandail. Quand elle se déplaçait – pour aller embrasser James, ou pour border les couvertures – les rayures montaient et descendaient sur elle. Quand elle partait, elle laissait toujours la porte légèrement entrebâillée ; la lampe de l'entrée entourait la porte d'un mince cadre lumineux que seuls venaient interrompre les gonds. En partant elle murmurait toujours « Bonsoir mes moineaux chéris », et c'est plus tard seulement que cette expression a pu me paraître bébête ou fofolle. Souvent James, allongé sur le dos à mes côtés, continuait à fredonner jusque tard dans la nuit, invisible dans l'obscurité. Quand il arrivait à se rappeler les paroles, il chantait *Old Devil Moon*, sinon il chuchotait en gigotant sous les draps : « Lynnie, c'est quoi déjà les paroles ? »

Une photo où elle a huit ans, et les cheveux plus foncés, moins raides. On sent la future charpente de son visage qui se forme déjà à l'intérieur, les pommettes commencent à se dessiner sous la peau. Elle sourit, elle porte une chemise à rayures, elle entoure de son bras oncle Don, son petit frère au visage poupin. Ils sont devant leur maison à côté de Syracuse, une maison blanche avec une véranda vitrée, à l'extérieur une cheminée de brique peinte en blanc, et de chaque côté deux grands mélèzes dont les branches recourbées pendent au-dessus du toit, protectrices, comme deux grandes moustaches. Oncle Don lui arrive au menton.

Mon père jouait le rôle du père de Liza Doolittle dans *My Fair Lady* et, dans *Camelot*, le chevalier au chien. Le dimanche après-midi, ma mère nous emmenait assister aux répétitions dans la grande salle de l'école de Crasden construite en 1956, si bien qu'elle était encore toute neuve, toute belle, avec son velours bordeaux qui n'avait rien perdu de son lustre. J'adorais ce grand espace en pente plongé dans la pénombre, et je galopais dans les rangées de sièges relevés comme si ç'avait été les galeries de mon château. À moins d'un mètre de la fosse d'orchestre, le metteur en scène arpentait nerveusement le devant de la scène. Pour les premières répétitions, ils n'avaient qu'une pianiste, une dame au visage boursouflé qui s'appelait Mrs. Beales et qui s'absentait souvent pour aller aux toilettes. Le metteur en scène passait son temps à crier en agitant les bras comme un sémaphore : « À droite, toute l'action à droite, plus près de l'avant-scène, venez, venez ! » Il avait une épaisse crinière blanche qu'il coiffait vers l'arrière mais qui lui retombait malgré tout sur les yeux de temps en temps. Il avait des chaussures blanches et portait le plus souvent une espèce d'ensemble en soie bleu pâle. Entre deux scènes, nous voyions quelquefois mon père dire des choses que nous n'entendions pas mais qui faisaient rire tout le monde, d'un grand rire collectif, théâtral, accompagné de « ho ho » et de « ha ha » et de tout un chahut amical. Parfois le metteur en scène portait des lunettes de soleil. Il se les plantait dans les cheveux et disait soudain : « Bon allez, on fait la pause. » Alors les lumières se rallumaient, et les acteurs s'ébranlaient vers la cafétéria en empruntant deux grandes galeries de marbre. Et comme l'école était vide et éclairée comme une salle de bowling, on entendait l'écho de leurs pas et des bribes des phrases qu'ils échangeaient de leurs voix sonores. La femme qui jouait Liza Doolittle continuait à piailler avec l'accent cockney et elle ajoutait soudain : « Ronnie, tu as appelé la baby-sitter ? » Le professeur Higgins ne venait pas avec eux, il restait assis au bord de la scène, jambes pendantes, à manger le sandwich qu'il avait apporté. Il cognait ses sneakers l'un contre l'autre, comme un gosse en tenue de base-ball. Pendant ces pauses, James et moi nous nous précipitions sur scène pour voir mon père et, s'il s'agissait d'une répétition en costumes, nous étions pris de fou rire à voir son visage orange, sa perruque ou ses faux sourcils en accent circonflexe. Il nous arrivait aussi quelquefois d'être saisis de timidité car, tout en nous accueillant d'un « salut les gosses », il avait le regard qui passait loin au-dessus de nous et il partait, très affairé, dans les coulisses, pour aller régler tel ou tel problème urgent. Plantés là, bras ballants, sur la scène, nous nous retournions vers la colline doucement inclinée des rangées de sièges, nous apercevions ma mère installée au dixième rang, là où nous l'avions laissée, lisant un livre. Elle nous faisait signe de la main, nous lui faisions signe à notre tour, puis nous courions la retrouver comme on rentre chez soi en courant, et nous nous jetions avidement sur elle, faisant semblant de chercher quelque chose. Quelquefois nous jouions avec les épingles à cheveux dont elle se servait pour retenir son chignon et qui se dressaient comme des antennes d'insectes ou des bois de cerf. Ma mère nous laissait faire. « Votre père est un homme de talent », disait-elle sur le même ton que mes professeurs quand ils disaient ce genre de choses. Elle sentait bien que nous étions déçus de ne jamais arriver à retenir son attention bien longtemps. « Les hommes de talent ont toujours la tête occupée à mille choses. C'est pour cela qu'ils donnent parfois l'impression de ne pas être très gentils. » Et j'ai souvent repensé à cela, par la suite, tout en me rongeant les ongles ou en écrivant des lettres.

Une photo où elle a neuf ans, elle est en maillot de danseuse, un maillot noir à manches longues, elle est devant la cheminée dans le living-room. Elle est en posture d'arabesque, un bras arrondi au-dessus de la tête, l'autre en extension. Comme la photo est prise de face, on ne voit qu'une jambe, et elle a presque l'air d'une unijambiste, avec la pointe de son chausson qu'on aperçoit à peine au-dessus de l'épaule. Tout son corps est penché en avant vers l'objectif, ses yeux regardent à l'oblique, avec une expression triste et comique à la fois. « On dirait un toréador », devait dire un jour James, assis à côté de moi, et qui avait remarqué comme ses cheveux étaient bien lissés en arrière, l'air gominé, pris dans un petit chignon. « Toréador toi-même », lui avais-je répondu, moi qui rêvais en secret de devenir danseuse, et je lui avais flanqué un coup de poing sur la cuisse. Il s'était reculé sur le divan, pour s'éloigner de moi, et s'était contenté de mordre plus fort son chewing-gum. Quelquefois, après une dispute, je m'excusais, quelquefois c'était lui. Il aimait bien regarder les photos, lui aussi.

« Les hommes qui sont froids de nature détruisent les femmes », m'écrivit ma mère, bien des années plus tard. « Ils leur font la cour en déployant un certain magnétisme qu'ils ont et qui est rattaché à leur âme comme une serre chaude à un jardin. Ils vous font entrer dans cette serre, vous êtes persuadée que ce que vous voyez là c'est la vie même, le soleil, la verdure. Et puis, une fois que vous vous êtes mise à les aimer, ils vous emmènent dans leur vraie âme, et là c'est une grande salle de bal toute vide, sombre, pleine de courants d'air, voûtée comme un caveau, pleine d'échos trompeurs. Tout ce que vous leur avez donné vient tomber là comme un paquet trop lourd. Ils referment la serre à clef, et vous vous retrouvez là, minuscule comme un personnage dans un plan d'architecte, simple tache sur le dessin, sans visage, avec des bâtonnets pour représenter les bras et les jambes, toute petite silhouette perdue au beau milieu d'un immense désert de pierre. »

« *Ma chère maman*, répondis-je, *j'arriverai le 23, je pense donc être là pour les Vêpres de dimanche. J'espère que tout va bien. Ces examens me tuent. À très bientôt.* »

Une photo de ma mère à quatorze ans, son visage a maintenant la charpente de son visage de femme, de l'œil à la mâchoire les contours sont aussi nets que les courbes d'une route de montagne, la peau est lisse, tendue. Bien qu'elle ne sourie pas, il n'y a pas de tristesse sur son visage, rien qu'un regard un peu écarquillé, scrutateur, une espèce d'attente avertie.

De toutes les mères que je connaissais, ma mère était la seule à porter les cheveux longs. Quelquefois elle en faisait une longue tresse qui pendait comme une queue de cheval, brune avec des reflets auburn, jusqu'au milieu du dos. Ou alors elle en faisait deux nattes, une de chaque côté, qui, quand elle se penchait, se balançaient comme un pendule. « Tu ressembles à une Indienne avec des plumes dans les cheveux », lui disait James. Il commençait tout juste à comprendre la différence entre Indiens de l'Inde, et Indiens qu'on voit à la télévision. « Hugh, pourquoi ça monsieur ? » disait ma mère en levant une main pour faire le salut indien. « À cause de tes nattes, à cause de tes nattes », disait James en tirant dessus.

Elle a quinze ans et elle s'est fait faire une permanente qui frise et déborde impétueusement de partout malgré les barrettes qu'elle a mises pour la contenir. Elle est assise sur un banc dans un parc, elle mange un cornet de glace, son jean est remonté jusqu'à mi-mollets, elle a les jambes écartées, les pieds tournés en dedans avec les chevilles qui ressortent. Elle se penche en avant avec son cornet, un peu bossue, et elle fait une affreuse grimace où il s'agit de loucher tout en tirant la langue.

Certaines nuits, mes parents se disputaient, et le bruit nous réveillait. James se fourrait la tête sous l'oreiller, quant à moi je restais allongée les yeux grands ouverts, terrifiée, paralysée par les éclats de voix de mon père, par les portes qui claquaient. Il y avait toujours quelque chose de métallique qui atterrissait par terre à grand bruit, des coups frappés contre le mur, et ma mère qui gémissait :

« Mon Dieu, va-t'en, mais va-t'en, qu'est-ce que tu attends ? »

Un après-midi, le lendemain d'une de ces disputes nocturnes, je ramène à la maison avec moi, par le car scolaire, mon amie Rachel. En entrant par la porte de la cuisine, je lui demande de ne pas oublier de s'essuyer les pieds. Et tout d'un coup, au bout du couloir qui mène à la salle de bains, je vois ma mère assise sur le siège des cabinets, la porte grande ouverte. Elle a les jambes et les hanches nues, toutes blanches, sa culotte est à ses pieds, enroulée autour de ses chevilles, ses longs cheveux dénattés flottent librement, comme une crinière en désordre, jusqu'à la taille. Quand nous entrons, elle ne sursaute pas, elle ne bouge pas. Elle reste assise là, dans une vieille chemise noire, comme une statue obscène, la tête dans les mains, immobile, les coudes appuyés sur les genoux.

« Est-ce que c'est ta mère qui est là ? » demande Rachel dans un souffle.

Et je lui réponds que c'est possible, mais pas forcément.

Ma mère ne nous voit pas, elle continue à fixer, comme une ivrogne, quelque chose sur le plancher devant elle.

« Viens », dis-je, et j'entraîne Rachel dans ma chambre, au premier, où James, installé sur le lit, est plongé dans la lecture d'une encyclopédie consacrée aux oiseaux : les bouvreuils, les étourneaux, les coucous. « Regardez ça », dit-il. « Un fou de Bassan aux pattes bleues. » On regarde, et tout ce qu'on voit, c'est une espèce d'oiseau à la tête noire et voilà tout. Ensuite nous jouons tous les trois au jeu des Carrières, Rachel achète une ferme et des tonnes de bonheur, mais moi je suis le premier homme qui va sur la Lune et qui fait cargaison d'étoiles, je gagne le gros lot.

Sa photo de fin d'études. Sur l'album anniversaire de l'école, sous son nom, on lit : « Deuxième de sa promotion » et « La plus équilibrée dans ses activités ». Ses amis ont écrit des choses telles que : « Belle Anna, tu nous manqueras quand tu seras à Chicago, reviens nous voir. » « La ville des quatre vents ne sait pas ce qui l'attend. Bonne chance. » « Ne change surtout pas. Souviens-toi du Bal de l'oiseau bleu. On s'était bien amusées. Bonne chance à l'université de Chicago. Baisers. Barbara. »

Ce soir-là, ou peut-être est-ce un autre soir, ma mère entre dans notre chambre alors que nous sommes déjà couchés et bordés depuis longtemps. Elle dépose nos livres de classe par terre près du lit et elle reste un moment debout dans l'embrasure de la porte, dans une longue chemise de nuit sans manches, silencieuse, l'air d'un fantôme, l'un de ses bras nus pendant avec souplesse le long de son corps, l'autre relevé pour aller toucher, d'un geste arrondi, sa nuque. Sa tête penche du côté du bras qui pend, ses cheveux bruns, dénoués, viennent cacher l'une de ses épaules comme un capuchon. Dehors, sur le lac, il y a un oiseau qui crie et qui appelle, c'est le seul son dans la nuit. James, à moitié endormi, murmure : « C'est un plongeon, un plongeon rouge-gorge. » Ma mère se retourne et disparaît jusqu'au lendemain matin.

« Tu sais, ton père composait aussi de la musique, mais il ne nous en faisait jamais profiter », dit ma mère, le souffle un peu court, tandis que j'arrange ses couvertures. « En fin de compte, la musique le laissait froid. Comme un dieu qui ne serait pas satisfait de ses propres inventions. Malgré son talent, ou peut-être à cause de ce talent, il n'entendait que la mécanique de la chose, les cliquetis, les grésillements. Il ne ressentait pas d'émotion, pas d'amour. » Elle tousse. « On pourrait croire, pourtant, que tout acte de création est forcément un acte d'amour ou de charité. »

« Maman, dis-je en me rappelant les instructions de l'infirmière, c'est peut-être le moment de prendre ta pilule. »

Elle quitte tous ses amis, y compris Barbara. Photo des adieux, avec serpentins, gâteau, bouteilles de mousseux. À Chicago, elle tombe amoureuse d'un étudiant de deuxième année qui s'appelle Jacob Fish et se spécialise en arts plastiques. Au bout de quatre ans elle quitte Jacob, rentre chez elle sans qu'on puisse savoir pourquoi. Elle conçoit et exécute les décors des spectacles que monte un groupe théâtral de Syracuse. *Kismet. South Pacific.* On aperçoit le décor en toile de fond. Elle chante aussi dans le chœur, tiens, c'est elle, là.

Je me rappelle avoir entendu une fois les bribes d'une dispute entre mes parents. Plus exactement, ma mère pleurait, et elle n'arrivait pas à expliquer pourquoi à mon père, tellement il avait l'air furieux et distant, disait-elle. La minute d'après, il l'engueulait tant qu'il pouvait, lui disant qu'elle ferait mieux d'arrêter de pleurnicher et de faire un peu d'exercice, pour changer. Là-dessus, elle pleurait de plus belle, et mon père partait en claquant la porte. Mais le lendemain, et ensuite plusieurs fois par semaine, pendant des années, ma mère prit l'habitude de courir autour du lac, dans un survêtement et des sneakers qui ne craignaient pas l'eau. De temps en temps je l'accompagnais, et je courais à ses côtés. Je regardais ses seins monter et redescendre en cadence sous son sweat-shirt, et j'imitais sa façon de faire de brèves expirations bien rythmées. Deux fois il nous arriva de voir des oiseaux morts rejetés sur le rivage et de nous arrêter pour regarder leur carcasse en piteux état. On voyait déjà des petites bestioles noires qui grouillaient dans leurs yeux. « Ce qui est beau est toujours repris », dit ma mère. « C'est ma grand-mère qui disait ça. »

Attachée par un morceau de ruban adhésif à l'album de souvenirs de ma mère, il y a une toute petite lunette bleu lavande. Quand on regarde par le petit œilleton en le dirigeant vers la lumière, on voit, agrandie, une photo qui représente Jacob et elle, un soir de réveillon, dans un grand hôtel des Catskills. Sur la lunette, en lettres d'or, on peut lire : « Kiamesha Lake, N.Y. » Il y a une petite chaîne en or qui permet d'accrocher la lunette quelque part, ou de la faire tourner autour des doigts. Quand on regarde à l'intérieur, on voit ma mère debout à côté de Jacob Fish. Ils sont tous les deux sur leur trente et un. Ma mère porte une robe du soir à bustier couleur abricot, elle a les cheveux ramenés en couronne sur le dessus de la tête et retenus par des épingles, avec une rose piquée dedans. Jacob Fish, guère plus grand qu'elle, les cheveux filasse, porte un nœud papillon bleu marine. Il y a sur son visage à lui un air de gentillesse et de bonne humeur qui, je le vois bien, rendait ma mère heureuse à l'époque, explique son sourire sur la photo où elle est là, hors du temps, tenant Jacob par le bras dans cette petite capsule bleu lavande.

Le samedi, nous restions sans ma mère – elle allait faire des courses à Crasden – et quelquefois mon père nous faisait des crêpes et jouait avec nous au mistigri ou à l'écarté. Quelquefois il nous faisait des tours de cartes : on choisit une carte, il ne voit pas laquelle c'est, il la remet dans le paquet, il bat les cartes, il les coupe, il les dispose en tas, en rangées horizontales ou verticales, et au bout de tout ça, il retrouve notre carte. Tous ses tours de cartes étaient des variantes de ce tour. Quelquefois on avait l'impression que c'était nous qui retrouvions nous-mêmes la carte : on tenait le paquet à la main, du tranchant de la main il le défaisait d'un coup, et miraculeusement la seule carte qui nous restait en main était justement celle que nous avions choisie.

« Ça alors, comment tu fais ? » demandait James qui reprenait les cartes pour essayer de comprendre le truc. Mon père arborait un sourire énigmatique, il haussait les épaules, croisait les bras. « C'est un secret, pas vrai Lynnie ? » Et mon papa me faisait un petit clin d'œil.

Moi je ne voulais surtout pas savoir. Ça me suffisait d'être là en pyjama, dans le living-room, à sentir l'odeur des crêpes et à avoir une fois de plus la preuve que mon père était quelqu'un de spécial. Découvrir le secret, voir les ficelles et les truquages, ça reviendrait, je le savais bien, à gâcher nos samedis et à détruire mon père. Si ses talents, sa magie, ses tours de prestidigitation cessaient d'être inimitables, inconnaissables, s'ils cessaient d'être protégés, défendus, que devenait-il pour nous, que pouvait-il faire, ainsi désarmé ?

Une photo de maman et Jacob Fish sur la plage. Le maillot une pièce de maman est noir comme ses cheveux, l'eau est grise, le sable est blanc. Il y a des seaux, une petite pelle, des couvertures. Jacob Fish tient une poignée de sable au-dessus de la tête de maman. Elle rit, les yeux fermés, faisant abstraction du monde extérieur. C'est parfois la seule façon de rire possible.

L'automne de mes dix ans, mon père jouait Billy Bigelow dans *Carousel* que montait le Théâtre municipal de Crasden. Vers le milieu de la comédie musicale, Billy Bigelow chante une chanson concernant les projets qu'il fait pour l'enfant à naître : il roucoule toute la liste des promesses paternelles.

Ma mère nous avait emmenés aux répétitions du dimanche après-midi (la vraie représentation était trop tard le soir, disait-elle), et pendant toute cette chanson elle était restée raide, crispée, ne quittant pas des yeux mon père qui évoluait sur scène tout en chantant, suivant scrupuleusement les indications du metteur en scène à la crinière blanche qui lui disait où placer ses pieds (« Décidément, Sam, tu chantes comme un dieu, mais tu ne sauras jamais danser »). Sur un côté de la scène, deux techniciens peignaient un manège en vert et rouge. « Les couleurs sont vilaines », dit ma mère en secouant la tête d'un air critique. À quelques sièges de là, une femme blonde intervint d'un air pincé : « La semaine dernière, on nous a volé toute notre bonne peinture. Nous avons un petit budget. »

« Ce qui est beau est toujours repris », murmura ma mère. La blonde la regarda d'un drôle d'air et dit « Oui, c'est sans doute vrai », puis, au bout de quelques minutes, elle se leva et partit. Des années plus tard, ma mère devait me dire : « Cette chanson que chantait ton père dans *Carousel*. Quel merveilleux tissu de mensonges ! Jamais il ne passait de temps avec vous, jamais il ne vous chantait des chansons, jamais il ne sortait avec vous. »

À partir du moment où elle l'avait dit, ce fut vrai. Mais seulement à partir de ce moment-là. Jusque-là, eh bien papa, c'était papa, voilà tout, on ne lui demandait pas d'être autre chose.

Une photo de Jacob Fish près d'une rivière, une valise dans une main, un chapeau dans l'autre. C'est la rivière de la ville qui était juste derrière la gare, expliqua ma mère. La valise était à elle. Le chapeau aussi. Il voulait avoir l'air digne et respectable, alors il avait réclamé des accessoires.

Elle pleure, affalée sur sa table de toilette, et elle rêve que quelqu'un arrive par-derrière et se penche sur elle pour la prendre dans ses bras, pour pleurer dans son cou, la faire pivoter, lui soulever le menton, lui embrasser les yeux, boire ses larmes, poser la bouche sur sa joue, ses cheveux. Mais il n'y a personne, rien que mon père qui est assis à l'autre bout de la pièce dans un fauteuil tapissé en tissu rose et blanc (fauteuil qui plus tard m'accompagna dans ma chambre d'étudiante, dont je me servais et que j'avais constamment sous les yeux). Il a une expression de colère glacée, le visage fermé comme une boutique dont on aurait baissé le rideau de fer, impénétrable. Il a les bras croisés sur sa nuque comme un homme en vacances, mais il n'est pas détendu. Ses traits forment un dessin précis, anguleux.

« Ton insensibilité », dit ma mère en pleurant doucement, « ça tu n'y peux rien peut-être. C'est la faute du monde. Mais ta froideur. Ça c'est ta faute à toi. »

Il prend sur la table de chevet une petite boîte à pilules en porcelaine, il la lance et l'envoie se briser en miettes contre le mur. « Voilà tout ce que j'ai à te dire », dit-il. « Je n'entre pas dans tes petites manigances. » Et il sort en claquant la porte derrière lui.

Je ne connaissais cette scène que par bribes. Elle me raconta le reste des années plus tard, quand elle était mourante à l'hôpital, et que je passais des heures à lui brosser les cheveux. Elle aimait que je fasse ça, elle parvenait toujours à me remercier d'un sourire, avant de s'enfoncer dans son oreiller. « Mes jambes, Lynnie. Tu crois que tu pourrais faire mes jambes aujourd'hui ? » demandait-elle. Alors je prenais dans le tiroir de la table de nuit le rasoir électrique, je remontais les couvertures à partir du pied du lit, et je promenais le rasoir le long de ses mollets. Elle aimait avoir les jambes lisses, toutes lisses. Je crois que ce qu'elle aimait aussi, c'était sentir le frottement et entendre le bourdonnement du métal. C'est ça aussi qui la faisait sourire.

Une photo de mes parents sur des bicyclettes, avant leur mariage. Ils sont à une station-service où ils se sont arrêtés pour regonfler leurs chambres à air. Maman sourit. Papa prend l'air idiot, les deux mains sur son guidon. Ils portent tous les deux des shorts longs, genre bermudas. Derrière eux, il y a une enseigne pour Esso, avec le o qui manque. « C'est comme ça qu'on dit manger en yiddish », m'a dit un jour ma mère.

« Ils veulent prendre les choses pour les détruire », dit ma mère en soupirant, le mois même où elle allait mourir. Nous parlions de notre maison près du lac, qui avait été vendue tout d'abord à une entreprise de pompes funèbres, puis rachetée par l'État, qui l'avait fait raser pour des motifs d'ordre vaguement militaire que personne ne se donna jamais la peine d'expliquer.

« Ils veulent me prendre mes cheveux », me dit-elle une autre fois, en me faisant un petit clin d'œil fatigué devant une infirmière qui s'était présentée armée de ciseaux et qui avait proposé de lui couper les cheveux. Ma mère secoua la tête, mais l'infirmière insistait.

« Vous voyez bien, elle ne veut pas », dis-je, et l'infirmière me regarda d'un air inexpressif, puis repartit sans bruit sur ces semelles en caoutchouc que portent toujours ceux qui entourent les mourants.

Ma mère entrant dans notre chambre le soir. Mon enfance n'est pour moi, souvent, qu'une série d'images d'elle, en blanc, qui passe et repasse par cette porte, vive et légère : pour nous entendre faire nos prières, pour nous chanter des chansons, pour nous murmurer qu'elle nous aime, pour m'embrasser sur la bouche d'un baiser mouillé, ses cheveux tombant comme une tente sous laquelle seuls nos visages, le sien et le mien, vivent et respirent à jamais. Elle me fait une petite caresse sur le nez, la même à James, et elle murmure : « À demain ». Et puis, sur le pas de la porte : « Bonne nuit, mes moineaux. »

Elle rêve qu'il est en train d'essayer de la tuer. Qu'il a une carabine et qu'il l'appelle pour qu'elle sorte de la salle de bains. Dans la salle de bains, elle a des couteaux et des haches. Elle se réveille en sursaut et il est là à la regarder, froid, indifférent. « Ta tête », dit-elle. « Dieu tout-puissant. C'est une tête d'assassin. »

« Mais qu'est-ce que tu racontes ? » dit-il.

L'année d'après *Carousel*, ce fut *The Music Man*, et la femme qui jouait Marianne la bibliothécaire appelait chez nous régulièrement, d'une voix caressante comme en prennent les vieilles femmes pour parler aux bébés. Elle demandait si mon « papa » était là.

« Mon père n'est pas à la maison », répondais-je presque invariablement, même si je savais qu'il était là-haut en train de préparer ses cours. De tout ce que j'ai fait enfant, je crois bien que c'est cela qui fut le plus hardi.

Elle me demandait de lui dire que Marcia avait appelé. Quelquefois j'obéissais. Je frappais à la porte de son bureau, j'entrais, et je disais : « Marcia a appelé. Elle m'a dit de te le dire. »

Il se retournait et me regardait distraitement, comme s'il ne savait pas bien de qui je voulais parler, et puis il disait : « Ah oui. Pour les répétitions. Merci. » Et il se remettait face à son bureau et continuait à travailler, et moi je restais là sur le pas de la porte, à contempler le dos de son chandail. Quand il corrigeait des copies, ce genre de travail, il portait invariablement le même chandail norvégien : vert, avec en haut une bande de rennes stylisés de couleur dorée qui faisait tout le tour, devant et derrière.

« Tu voulais autre chose ? » Il se tournait à nouveau sur son siège et baissait ses lunettes.

Et je disais : « Non. Je veux dire oui. »

« Quoi ? »

« J'ai oublié », disais-je. Là-dessus je pivotais sur mes talons, et je filais.

Sur les photos de mariage, ils sont en blanc, ils se détachent sur le fond gris sale des arbres. Ils sont minces, élégants. Ils ont des sourires placides. La bouche du père de la mariée est une petite barre horizontale. Je ne sais pas qui a pris ces photos. Je suis presque sûre qu'elles mentent, que la vérité n'apparaît qu'à travers des omissions, des références obliques, des indices tels que les chaussures ou les arbres. Mais elles disent malgré tout la vérité, de cette façon bien particulière qu'ont les mensonges de dire la vérité. Comme seuls les mensonges savent la dire.

Un autre jour, tôt le matin, j'entends mes parents dans la salle de bains. Mon papa se rase, il se prépare à partir pour l'école.

« Écoute », dit-il dans un grand soupir. « Je ne peux pas te jurer que je ne vous quitterai jamais, toi et les enfants, ni que je ne ferai jamais l'amour à une autre femme. »

« Pourquoi ? » demande ma mère. « Pourquoi est-ce que tu ne peux pas le jurer ? » Même dans la colère, il y a en elle une douceur, une innocence.

« Parce que ce n'est pas comme ça que je sens les choses. »

« Tu ne pourrais pas le jurer quand même ? »

Là-dessus, j'aime m'imaginer que les yeux de mes parents se rencontrent dans la glace de l'armoire à pharmacie, et qu'ils se sourient brusquement. Mais plus tard, sur son lit d'hôpital, me tenant la main pour toucher de l'index, délicatement, chacun de mes ongles l'un après l'autre, ma mère devait me dire : « Ton père. Il fallait toujours qu'il danse. Et il ne savait pas danser. » Plus tôt, la même année, elle m'avait écrit : « C'est ça qui ne va pas, chez les gens froids. Ce n'est pas le fait qu'ils aient de la glace dans l'âme – nous en avons tous un peu. Mais ils tiennent à ce que le moindre de leurs mots, le moindre de leurs actes soit glacial par essence. Ils n'apprennent jamais la beauté d'un geste, les raisons du cœur. Pour eux, l'honnêteté passe avant la bonté, la vérité avant l'art. Mais l'amour, ce n'est pas de l'ordre de la vérité, c'est de l'art. C'est comme de peindre des décors. »

Voilà les choses que vous transmet une mère. Bien sûr, quand elle meurt, vous héritez du rang de perles, de l'édredon bleu en patchwork, de certains des cadeaux de mariage – un plateau verni avec le faire-part de mariage incrusté dans le vernis, un vieux grille-pain rouillé – mais ses gestes et ses paroles, et ses gémissements la nuit où elle est morte, voilà ce que vous gardez, ce que vous emmenez avec vous dans de petites enveloppes invisibles que vous ouvrez en catimini quand personne ne vous regarde, avec la dextérité d'un illusionniste. Elles ne tiennent pas en place. Vous avez beau essayer. Vous avez beau les lécher et les relécher. Les enveloppes ne restent pas collées.

« Ma chère maman, je suis débordée à cause de tous ces cours supplémentaires, mais j'ai fini par m'y faire. Les vacances de printemps sont le 19.

Ciel, quand je pense à tout ce que j'ai à faire d'ici là... Me réjouis de te voir. »

Quand j'avais treize ans, ma mère laissa un jour le riz brûler sur le feu et tenta plus ou moins de se noyer dans le lac. Il était sept heures du soir, mon père n'était pas encore rentré et James était à son club d'échecs. Je sortis par la porte de la cuisine pour l'appeler. On était en mars, le lac n'était pas encore complètement dégelé, sa surface était d'un vert métallique, avec du blanc sale au milieu, comme une plaie suppurante. J'allai jusqu'au ponton ; quelquefois elle y allait pour « prendre l'air » avant de préparer le dîner. Je la trouvai sur le rivage – nous n'avions pas vraiment de plage, rien qu'une petite bande caillouteuse au bord de l'eau où l'on pouvait courir et faire des ricochets. Elle était allongée sur le dos, la blouse trempée, transparente, les cheveux noirs collés en mèches sur la figure. L'eau venait la laper avec l'indifférence d'un chat. Elle prenait du gravier mouillé par poignées entières et s'en barbouillait les joues, le buste. Ses jambes ne bougeaient pas, mais sa bouche s'ouvrait et se refermait sans bruit, tordue, étirée. C'était la première fois que je voyais chez elle une telle expression (il devait y en avoir une seconde par la suite). Des années plus tard, il m'arriverait de voir ce visage déformé qui cherchait à émerger sous le mien – dans des photos, dans la glace –, de voir cette angoisse sculptée derrière ma propre angoisse, portée par mes traits moins dramatiques que les siens, par ma bouche épaisse, carrée. Je me mis à pleurer. Je ne savais pas quoi faire. Je repartis en courant vers la maison. Je débarquai en trombe dans la cuisine, et je vis mon père occupé à racler avec colère le fond de la casserole pour détacher le riz brunâtre et fumant. « Maman, c'est maman », dis-je en haletant, et en indiquant la direction du lac. « Quoi ? » s'écria-t-il, et il partit en courant.

À huit heures, une ambulance vint la chercher. Elle rentra dès le lendemain matin, un peu pâle, les yeux cernés, et elle monta lourdement jusqu'à sa chambre en s'accrochant au bras de mon père. Elle me jeta un regard qui ressemblait à un regard d'excuse.

Mon père passa la journée du lendemain sur le ponton, à chanter, face au lac, des airs d'opéra italien, genre Puccini. Je l'avais toujours connu faisant cela à peu près deux fois par an. C'était une façon qu'il avait, disait ma mère, de se libérer des choses qu'il avait en lui, et sans déranger les voisins (qui se trouvaient à quatre cents mètres de chaque côté). Quelquefois je regardais par la fenêtre qui donnait sur le lac, et j'apercevais sa silhouette : parfois il était assis, mais le plus souvent il arpentait les planches du ponton, et le son de sa voix portait jusqu'à la maison. Ce n'était pas sa voix d'instituteur, ni sa voix de théâtre, c'était autre chose, une sorte de vibrato tourmenté qui semblait produit par un être qu'il aurait abrité, sans le comprendre, à l'intérieur de lui-même, un être encombrant dont il ne savait trop que faire. Quelquefois je sortais et j'allais me promener de l'autre côté. Je traversais la route, j'entrais dans les bois, je traversais la voie de chemin de fer désaffectée. Il y avait là une vieille usine aux fenêtres barrées par des planches, et une route défoncée bordée de vieux becs de gaz dont les ampoules avaient été arrachées, évidées comme des yeux de squelette. James et moi, il nous arrivait d'aller nous promener par là en allant chercher des mûres, et on se racontait des histoires, on se lançait des défis. Chiche que tu vas toucher la porte en courant. Chiche que tu arraches l'écriteau qui dit « Propriété privée ». Chiche que tu escalades la fenêtre. Que tu touches la clôture électrique. Aujourd'hui encore, je n'ai pas idée de ce qu'il pouvait y avoir à l'intérieur de cet endroit, ni de ce qu'il pouvait être à l'origine. Entièrement fermé, barricadé, couvert d'écriteaux disant « Défense d'entrer ». Quelquefois, on aurait juré qu'on entendait des bruits à l'intérieur. James prétendait que c'étaient des grognements, mais je préférais croire que cela ressemblait à mon père sur le ponton qui, seul dans son donjon, chantait dans une langue étrangère bizarre, lançant un air italien au-dessus du lac pour manifester, d'une manière ou d'une autre, son besoin d'exploser. Finalement, un jour, vinrent des gens de la ville qui firent sauter l'endroit. Ils le bourrèrent de dynamite, et ils firent exploser les murs, le toit plat, les vitres brisées. Noircies, éventrées, les entrailles fumaient en plein jour. On entendit les détonations à une lieue à la ronde, et les enfants en parlèrent entre eux à l'école. Plus tard, nous devions retrouver, fichés dans les poteaux des becs de gaz, des clous et des morceaux de plâtre : comme il arrive dans les guerres, comme s'il y avait eu la guerre.

Une autre photo de ma mère en robe de mariée, aux côtés de sa mère à elle, dont le chapeau et le sourire sont trop grands pour sa figure : on dirait presque qu'elle n'a pas d'yeux, pas de nez. Sa fille ne regarde pas l'objectif mais regarde sur le côté, quoi, on ne sait pas.

J'avais quinze ans quand mon père nous quitta, et que ma mère eut sa mammectomie. Les deux choses se passèrent brusquement, sans bruit, sans préavis. Comme si un coup de vent s'était soudain engouffré chez nous, attirant les choses à lui sur son passage, puis était reparti comme il était venu. Ce qu'il avait laissé était encore là, voilà tout. Quand vos parents se séparent, vous aussi vous bifurquez. Vous vous séparez en deux, vous vivez deux vies : une moitié de vous pleure tous les matins à l'aube sur le ponton, vos cheveux noirs devenant d'un gris usé, une autre moitié de vous est partie au loin dans une ville où vous êtes prof de maths, où vous racontez des blagues dans les bars avec l'accent italien pour faire rire les gens.

Et quand votre mère commence à perdre la tête, vous en faites autant. Vous vous mettez à avoir peur des gens dans la rue. Vous voyez des formes – des vieux bonshommes et des araignées – dans le dessin du papier sur le mur, comme quand vous étiez malade étant petite. Vous trouvez que le reflet de la lune sur le lac ressemble à un poisson crevé qui flotte, ventre doré à l'air. Demandez à n'importe qui. À n'importe qui dont la mère perd la tête.

Quand j'avais seize ans, je suis rentrée de classe un jour et j'ai trouvé ma mère ivre dans sa robe de chambre, allongée en travers de la petite table du living-room, étalée sur les journaux et les magazines. Elle riait sans arriver à se contrôler, et des larmes hystériques, des larmes avinées coulaient de ses yeux bouffis, à demi fermés.

« Maman, viens là-haut. Laisse-moi te mettre au lit », dis-je en posant mes livres et en l'aidant à monter l'escalier. Elle s'appuyait contre moi, et continuait à être secouée par le rire. « Seigneur », dit-elle, « ils m'ont coupé les seins, non mais tu te rends compte, tchoc, d'un grand coup de sécateur », et elle fit de la main un geste rapide en l'air.

Je la bordai dans son lit, l'embrassai, et elle pleura dans le col de ma chemise. « J'ai froid. J'ai soif. Ne me quitte pas, ma chérie. Toi tu as bien chaud. Si tu t'en vas, il faudra que je mette un chandail. »

« Tâche de dormir », dis-je doucement en remontant l'édredon bleu. Puis je fermai les stores et restai un moment dans l'embrasure de la porte à la regarder s'endormir. Le lac battait comme un cœur géant, comme un grand cœur liquide contre le ponton.

Elle prend de longues douches, en silence, en s'appuyant contre la paroi de céramique. L'eau vient ricocher en jets réguliers contre l'une de ses épaules et éclabousse le rideau de plastique. De la mousse de shampooing coule jusque dans sa bouche.

« Même ses "je t'aime", dit-elle, étaient comme

des petits poignards, des aiguilles ou des épingles de sûreté. Méfie-toi d'un homme qui te dit qu'il t'aime mais qui est incapable d'un élan de tendresse, incapable de fondre en larmes. »

Je la borde. Je l'embrasse.

Et voici une série de photos de mère et de fille qui échangent leur rôle – des femmes qui échangent leur rôle pour s'occuper l'une de l'autre. Vous, la fille, vous devenez la mère, Cérès, et elle c'est la fille, enlevée et emmenée aux enfers. Vous parcourez la terre à sa recherche, pleurant sa perte, laissant se dessécher arbres et graines, ne trouvant pas la paix, vous ne trouvez pas la paix.

« Ce qui est beau est toujours repris », dit ma mère une dernière fois, à propos de mon père qui, dit-elle, avait été détruit par trop de femmes, le cœur tourné et retourné, égratigné, pris et abandonné. « Ce cœur est venu à moi dans de gros pansements qui lui donnaient l'air d'être bien plus grand, bien plus important que ce qu'il était en réalité. »

Ma mère, maigre, grise, en chemise de nuit, regardant au loin, de côté, au lieu de regarder l'objectif.

« On atteint un point », m'écrivit-elle un jour, « où on ne peut plus pleurer. On regarde autour de soi les gens qu'on connaît, les gens de son âge, et ils ne pleurent pas non plus. Quelque chose a été repris. Les voilà vides, et contents de l'être. »

Quand ma mère mourut, ses gémissements réveillèrent la vieille dame qui occupait le lit d'à côté et qu'on devait opérer du pancréas le lendemain. « Qu'est-ce qui se passe ? » cria la vieille femme arrachée à son sommeil, désorientée. Quelque chose avait saisi ma mère dans le dos, l'arquant, raidissant ses membres. Sa bouche n'était plus qu'une fente en travers de sa figure, révélant ses dents jaunies comme les touches d'ivoire d'un vieux piano. Elle était tout entière (ses traits, ses os) saisie d'étonnement et de terreur, comme si elle n'avait jamais cru que ça ressemblerait à ça, la mort, être matraquée de l'intérieur par des torsions, des contractions, et le temps (cela ne prit qu'une minute) que j'appelle les infirmières et qu'elles accourent, la sueur et l'urine qui détrempaient les draps avaient déjà l'air d'être vieilles et refroidies, et les yeux de ma mère étaient grands comme des œufs et elle était morte. Je me raccrochais à des objets – sa robe de chambre, un pichet en plastique, une tasse – je regardais tout autour de moi, me demandant où elle était partie, il fallait bien qu'elle soit encore quelque part, là, tout près. De l'autre côté du paravent, près du lit, la dame au pancréas avait tout entendu, et maintenant elle pleurait à grand bruit, inconsolable. On voulut lui donner un somnifère qu'elle repoussa en disant « Oh non, non, pas ça ». Rien ne bougeait. Je me penchai au-dessus du lit. « Maman », murmurai-je, l'embrassant sur les lèvres, cependant que les chariots d'hôpital passaient dans le couloir avec un bruit métallique, et qu'une voix qui tombait du plafond appelait « Docteur Davis, Docteur Davis à l'infirmerie ». Des silhouettes en blanc m'entouraient, des mains sur mes épaules, dures, fausses comme des anges. « Maman », dis-je dans un souffle.

Jacob Fish vint à l'enterrement, accompagné d'une jolie jeune femme brune qui ressemblait à une prof de français. Il avait l'air plutôt sympathique. À la fin de l'enterrement, il raccompagna la jeune femme jusqu'à la voiture, puis il s'éloigna tout seul de son côté, jusqu'à un arbre, et je le vis se passer la main dans les cheveux. Je n'avais pas vraiment eu l'occasion de lui parler, et je ne sais pas trop, de toute manière, ce que nous aurions bien pu nous dire. Au bout d'un moment, il remit les mains dans ses poches, puis il alla rejoindre la jeune femme dans la voiture et ils s'en allèrent.

Mon père n'amena personne avec lui. Il s'approcha de moi, me serra dans ses bras, et nous eûmes un instant les yeux rougis tous les deux. « Lynnie », dit-il, et je fis un pas de côté. J'évitais de le regarder. Je regardais ses chaussures, je regardais les nuages. « Tu sais », dit-il, « je l'aimais plus que tu ne crois », et je tendis l'oreille pour guetter les bruits d'aiguilles et d'épingles de sûreté. James, qui finissait ses études de médecine, avait pris un congé et il était là, à mes côtés. Il serra la main de mon père, puis lui donna une rapide accolade. Tout le monde était en noir. « Tout ce noir, tout ce noir », répétais-je nerveusement comme une espèce de perroquet.

Ce soir-là, James et moi, tournant le dos aux plats tout préparés dans l'appartement de ma mère, allâmes nous saouler dans un Howard Johnson's. James me fit sourire en me rappelant l'époque, quand j'étais petite, où je disais que si on était au milieu des bois et qu'on était pris d'une terrible envie d'aller aux cabinets, il suffisait de manger un morceau de pain : ça absorbait tout, et on n'avait plus envie.

« James », lui demandai-je après un temps d'hésitation, « est-ce qu'il t'arrive de penser à ton autre mère ? »

« Non », répondit-il rapidement, comme un docteur.

Je le regardai, troublée.

« Je ne sais pas », soupira-t-il, et il appela le garçon. « Disons que ça n'est pas vital pour moi. Je ne veux pas me compliquer la vie avec tout ça. À quoi bon ? »

« Je ne sais pas. » Je baissai les yeux vers mes genoux, mes chaussures. J'attrapai mon sac sous la table. « C'est moi qui invite », dis-je.

« Ma chère maman. Merci pour les petits gâteaux. Je les ai reçus hier. J'ai été désolée d'apprendre cette histoire d'hôpital. J'espère que tu vas mieux. Je suis en plein milieu des examens. Je t'embrasse, Lynnie. »

En rentrant en voiture de l'aéroport où j'ai été raccompagner James, j'aperçois tout d'un coup mon visage dans le rétroviseur. Un visage qui me paraît vieux, trop maquillé. J'ai l'impression que ma vie est bloquée – études terminées, un job par-ci par-là. Je me vois comme quelqu'un qui fait antichambre, morose, le chapeau à la main, et qui attend l'avenir comme si c'était une belle dame en crinoline qui va ramasser ses jupons et venir vous chercher. Qu'est-ce que j'aurais pu écrire d'autre, ces hivers-là, où je voyais, quand je regardais par la fenêtre, la neige ankyloser les membres des ormes, et où je ne trouvais rien à dire ? Je ne mentais pas : il y avait plein d'examens, j'étais en plein milieu des examens.

Les routes sont vides, je conduis vite. Je pense à mon père, je l'imagine, jadis, entrouvrant les jambes de ma mère avec l'indifférence machinale de quelqu'un qui ouvre un placard. Et je me dis : tous les hommes froids, je les quitterai, tous les hommes pour qui la musique est à la fois mécanique et incommunicable, pour qui l'amour est une danse indansable. J'essaierai de leur donner des regrets. De les rendre tristes. Je vais retrouver ma petite table de cuisine, et j'écrirai ceci : le pardon vit tout seul, au bout de la route, mais l'amertume et l'art sont voisins, des voisins proches qui aiment échanger des ragots, qui étendent leur lessive sur la même corde à linge, si bien qu'on ne sait plus ce qui est à l'un, ce qui est à l'autre.

« Eh oui, c'est le prix », dit le pompiste à la station-service en me voyant regarder d'un air absent le prix indiqué.

« Pardon », dis-je, et je cherche mon porte-monnaie. Les bidons d'essence empilés contre un vieux camion forment une masse compacte, inerte. Mais les drapeaux de plastique triangulaires suspendus à l'entrée de la station flottent et claquent au vent, s'agitent pour attirer mon attention, ma pitié, comme des choses qui voudraient chanter mais n'y arrivent pas, des choses qui se déchireraient presque à force de vouloir voler. Ce sont de grands oiseaux couleur d'arc-en-ciel qu'on a accrochés à des ficelles et qui ont l'air suspendus par les pattes.

Petit guide du divorce à l'usage des enfants

Rajoutez du sel sur le pop-corn, vu que votre maman va sûrement en réclamer, étant donné que le moment où Inger Berman manque de mourir et où la caméra la prend sous toutes sortes d'angles qui lui allongent le buste, ça lui flanque un coup à chaque fois.

Dites-vous : ça y est, c'est reparti pour les Kleenex.

Elle dira : merci mon chou, en vous voyant entrer doucement, doucement, dans la pièce, en pantoufles et en robe de chambre, portant le vieux saladier de Grand'mère plein à ras bord (le saladier qui, avant, servait à mettre de la salade). C'est moi qui l'ai fait, rappelez-lui bien ça, et laissez-en tomber, sans faire exprès, des petits morceaux par terre. Rami va jouer au hockey avec, à grands coups de patte.

Mmmm, tu es gentil d'avoir remis du sel, dira-t-elle avec un sourire, tout en mâchouillant.

Dites-lui qu'à l'école, après un film sur la puberté, l'infirmière a dit que le sel, c'était mauvais pour le cœur.

Quelle blague ! dira-t-elle. Ça le fait battre un peu plus fort, voilà tout. Toc toc toc – oh, regarde ! Elle parle la bouche pleine de pop-corn. Cary Grant va la tirer de là. Tu as débranché l'appareil à pop-corn ?

Faites semblant de ne pas avoir entendu. Regardez Inger Berman tout étirée. Demandez-vous ce que ça veut dire.

Tu ferais mieux de vérifier, dira-t-elle.

Ronchonnez. Faites claquer votre langue contre votre palais. Allez-y en courant, parce qu'avec la prochaine pub, c'est presque la fin. Débranchez l'appareil. Ramenez avec vous Rami qui miaule près du réfrigérateur. Il vous colle des poils plein votre robe de chambre. Lâchez-le sur les genoux de votre mère.

Tu es là, mon petit chat, roucoule-t-elle en lui gratouillant les oreilles. Glissez-vous près d'elle pour un câlin. Elle va vous gratouiller aussi une oreille, et vous donner un baiser sur la joue. Et puis brusquement elle se penche en avant, elle tend la main vers le saladier de pop-corn, en faisant bien attention de ne pas déranger le chat. Je crois toujours qu'il va comprendre plus vite que ça, dit-elle entre deux bouchées, avec sa main qui fait le va-et-vient. Quels idiots, quelquefois, ces hommes ! Et elle vous fait un clin d'œil.

Regardez l'écran en fronçant les sourcils. Tous les sales types laissent Cary Grant emmener Inger Berman dans l'auto noire. Flot de musique démodée. Levez-vous et remontez votre robe de chambre des deux côtés. Tirez la langue et trémoussez-vous comme si vous aviez la danse de Saint-Guy. Roulez les yeux. Valsez à grandes enjambées dans tout le living-room, style java, et cognez-vous dans les meubles. Votre mère fera semblant de ne rien remarquer. Puis elle finira par dire d'une voix atone : sans blague, je te trouve sensas.

Quand la musique s'arrête, elle vous demande ce que vous avez envie de regarder d'autre. Elle vous tend le guide de télévision. Regardez. Dites : le film d'horreur de minuit. Elle lève un sourcil d'un air sévère, mais dites s'te plaît s'te plaît d'une voix suppliante en joignant les mains dans un geste de prière. Elle vous sourit et soupire : bon, d'accord.

Changez de chaîne et retournez vous installer sur le divan. Glissez-vous près d'elle sous la couverture bleue en patchwork, dites-lui que ce que vous préférez c'est le moment, au début, où la momie sort du cercueil et hurle : Tremblez !! Grimpez sur un des bras du divan et faites une imitation, les mains comme des griffes, les coudes raides, la tête penchée de côté. Votre mère vous dit de vous rasseoir. Retournez vous fourrer près d'elle sous la couverture.

Quand elle dit : Qu'est-ce que tu préfères, la momie ou le loup-garou, dites-lui que le loup-garou fait peur à tout le monde parce qu'il sort la nuit et qu'il fait des choses sans qu'on le soupçonne, parce que dans la journée il travaille dans une banque et qu'il est rasé.

Et la momie ? demande-t-elle en caressant Rami.

Haussez les épaules. Pincez les lèvres. Dites : Ben, la momie, c'est la momie.

Du bout de la langue, dégagez d'une de vos molaires un morceau tout mâchouillé de pop-corn. Essayez de l'avaler, mais il se coince dans votre gorge, alors vous vous mettez à suffoquer en faisant d'affreux bruits de vomissement. Ça fait filer le chat.

Fais un peu attention, dit votre mère en vous tapant dans le dos. Tiens, bois.

Essayez de soupirer « du Schweppes, par pitié », comme ce cow-boy à moitié mort que vous avez vu une fois dans une pub, mais buvez quand même l'eau qu'elle vous tend. Quand vous n'avez plus le hoquet, que vous êtes moins rouge et que vous avez repris votre souffle, demandez-lui un Coca. Votre mère dit : il vaut mieux pas. Le docteur Atwood dit que tu as des dents é-pou-van-tables.

Dites-lui que le docteur Atwood, c'est zéro et compagnie.

Qu'est-ce que tu veux dire exactement ? s'exclame-t-elle.

Regardez droit devant vous. Dites : J'sais pas.

La momie arrache des poteaux télégraphiques, les soulève et les jette par terre comme des allumettes.

Elle ne sait pas où aller, la pauvre, avec toutes ses bandelettes, dit votre mère.

Blottissez-vous contre elle et lâchez « Su-peeer » en un long murmure admiratif.

Les policiers fouillent le cimetière, à la recherche d'un monstre. Ils ne savent pas si c'est la momie ou le loup-garou, mais il y a quelqu'un qui est passé par là et qui a laissé des petites piles d'os et de chair qui fument encore. Même les chiens policiers grondent quand ils s'en approchent.

Dites quelque chose du genre « Beurk », et fermez les yeux.

Tu es sûr que tu veux regarder ?

Dites tout haut que vous n'avez pas peur du tout.

Il y a un concert de rock sur la 7, tu sais.

Réfléchissez-y. Décidez d'essayer la 7, pour faire plaisir à votre maman. Quelqu'un avec des cheveux gominés et qui ressemble à l'oncle Jack n'en finit pas de causer.

Votre mère est d'accord avec vous pour dire qu'il ressemble à l'oncle Jack. Enfin, un peu.

Un groupe avec du fard sur les paupières se met à jouer de la guitare électrique. Levez-vous et trémoussez-vous comme vous avez vu votre copine Julie Steinman le faire.

Mais enfin, pourquoi est-ce qu'ils se la collent toujours à hauteur de braguette ? demande votre mère.

Ne répondez-pas, contentez-vous de les imiter, en rejetant vos cheveux en arrière tout en tripatouillant votre braguette de pyjama. Votre mère vous donne une tape et vous traite de petit voyou.

Prenez l'air blessé. Courbez l'échine. Prenez une revue, faites semblant de la lire. Le chat vient vous rejoindre. Regardez les photos qui montrent des trucs à manger.

Votre maman essaie de vous faire retrouver le sourire. Elle dit : Regarde ! Pat Benatar ! Viens, on danse.

Dites-lui que vous trouvez Pat Benatar complètement débile et nulle. Taisez-vous pendant cinq bonnes minutes. Quand c'est au tour des B-52, dites que *eux*, vous les trouvez chouettes.

Faites un bon sourire gentil. Alors vous vous levez tous les deux et vous vous démenez comme des fous autour de la table basse jusqu'à ce que vous soyez complètement en sueur. Vous faites des hou-ha-hou en mesure, vous sautez sur place comme des échasses sauteuses, vous vous désarticulez comme des robots. Tapez des mains en l'air, à droite, à gauche, comme votre maman. Pendant une pub, demandez un Orangina.

De l'eau ou du lait, dit-elle en se rasseyant, un peu essoufflée.

Dites : du lait, merde, et quand elle vous demande ce que vous avez dit, soupirez : Rien.

Ensuite c'est Rod Stewart qui chante sur le toit d'un immeuble. Votre maman dit : Il est pas mal, ce Rod Stewart.

Dites-lui que votre copine Julie Steinman l'a rencontré un jour dans un magasin et qu'elle l'a trouvé drôlement vieux.

Mmm, dit votre mère.

Regardez attentivement Rod Stewart. Demandez-vous si vous seriez capable d'imiter son jeu de jambes. Dites-vous que vous essaierez devant votre copine Julie Steinman.

Une fois que le pop-corn est entièrement terminé, bâillez.

Dites : Bon, je vais me coucher.

Votre mère aura l'air déçu, mais elle dira : d'accord mon chou. Elle éteindra la télé. À propos, dira-t-elle en hésitant un peu, comme chaque fois. Comment ça s'est passé, tes trois jours ?

Ne dites pas un mot sur la femme, pas un mot sur la bière. Dites que ça s'est bien passé, qu'il a un nouveau jeu de fléchettes avec une cible en argent, que vous êtes sortis dîner, et que ce type qui s'appelle Hudson a raconté une histoire assez marrante sur quelqu'un qui fait pipi dans un panier à linge. Demandez un Seven-Up.

Comment

Ainsi concourent, cahin-caha,
toutes choses au seul possible.
Beckett, *Murphy.*

Commencez par le rencontrer dans un cours de quelque chose, dans un bar, dans une vente de charité. Peut-être qu'il est prof de collège. Qu'il tient une quincaillerie. Qu'il est contremaître dans une usine de carton. Il sera bon danseur. Il aura les cheveux coupés à la perfection. Il rira de vos plaisanteries.

Une semaine, un mois, un an. Sentez-vous admirée, prise en charge, désirée, aimée, et commencez, par moments, à vous embêter un peu. Quand vous êtes triste ou mal dans votre peau, allez au cinéma en faisant le trajet à pied. Achetez du pop-corn. Ces choses-là, ça va ça vient. Une semaine, un mois, un an.

Faites quelques tentatives pour parvenir à un arrangement plus souple. Regardez-les crever comme des bulles de savon. Il vous demandera de venir vous installer chez lui. Faites-le avec hésitation, non sans ambivalence. Mettez les choses au point : les loyers sont chers, pas d'engagement à long terme ; l'amour tout ça, mon chou, mais on se quitte quand on veut. Soyez bien claire en énonçant les règles. Insistez sur l'ouverture, sur la non-exclusivité de la relation. Faites de la place dans son placard, mais ne changez pas les meubles de place.

Et pourtant il y a des moments où vous regardez son visage ou ses mains et vous savez que ce que vous voulez c'est lui et rien d'autre. Vous sentez monter en vous des vagues de soumission, de dévouement, de tendresse. Une semaine, un mois, un an, et maintenant votre seule famille c'est lui. Votre vraie mère : une espèce de sorcière. Votre père, un envoûteur. Vos frères, deux Quasimodos jumeaux. Ils doivent vivre tous ensemble dans une grotte quelque part.

Son nom veut dire Sauveur. Quand il roule dans vos bras, c'est toute la vraie famille américaine, celle qu'on voyait dans les feuilletons télévisés de votre enfance, que vous embrassez : le living-room, la dinde de Noël, le feu dans la cheminée, les frictions. Un petit coup de dent à hauteur de clavicule, et vous vous enfoncez lentement, sirupeusement, dans ses bras, comme dans un foyer tiède. Vous entrez dans la maison d'enfance, bienvenue Mary Lou.

Dites-lui que vous travaillez dans un bureau, mais que vous avez d'autres projets. Il veut s'y associer.

Ce que vous voulez devenir, il veut le devenir aussi. Dites-lui que vous voulez être architecte. Auteur dramatique. Peintre. Il vous montre ses croquis. Ils sont nuls. Qu'est-ce que tu en penses ?

Mettez du jazz. Déshabillez-vous. Avec soin, c'est tout un art. Lui, il est allongé par terre, nu, les bras croisés derrière la nuque, à vous regarder. Chemise : savants frôlements, en douceur. Jupe : le staccato syncopé des touches de piano, lent balancement, ça s'emballe. Dansez ensemble dans le noir, en plein milieu de l'après-midi.

Allez à un mariage. Dans sa famille. Tout le monde compare le poids que les uns ont perdu, que les autres ont pris. Des cousines vieilles filles on dira qu'elles ont horriblement grossi. Sa mère sera comptable, ou bien assistante dentaire. Elle vous présentera comme sa *petite amie*. Essayez de ne pas broncher. Ils auront tous plus ou moins entendu parler de vous. Ses oncles le prendront à part et lui demanderont : Eh bien, qu'est-ce que tu attends, mon garçon ? Vous ne saurez pas trop quoi faire de vous, il y aura toujours des femmes en taffetas bleu tout raide qui vous jetteront des regards de commisération, puis qui détourneront vivement les yeux. Tout le monde dansera la polka. Quelqu'un exhibera un billet de cinquante dollars pour danser avec la mariée, et elle soulèvera ses jupes et s'exhibera à son tour : jambes rasées de frais, et un sourire large comme une barrique. Dites-vous que vous l'échappez belle. À vous le tour maintenant, entendrez-vous dire à nouveau. Souriez. Haussez les épaules. Retournez au buffet vous resservir de la salade de pommes de terre.

Ça vous prend de plus en plus souvent. Un insidieux malaise. Une vague insatisfaction. Quand vous croisez des hommes dans la rue, souriez-leur et regardez-les droit dans les yeux, ou à hauteur de ceinturon.

Dans un restaurant, dans un magasin peut-être, rencontrez un comédien. Il a fait ses études à Vassar ou à Yale. Il peut réciter par cœur des répliques de la mère de Coriolan. Ça vous paraîtra un point positif. Couchez avec lui une fois et rentrez à cinq heures du matin en pleurant dans le taxi. Ou bien : ne couchez pas avec lui. Embrassez-le pour lui dire bonsoir à Union Square, et filez sans demander votre reste.

À la maison, quelques jours plus tard, soyez fatiguée, grognon. Asseyez-vous sur le divan, dites-lui que vous le trouvez idiot. Que vous pariez qu'il ne sait même pas qui est Coriolan. Que depuis que vous habitez chez lui, vous ne l'avez pratiquement jamais vu prendre un livre. Il vous regardera d'un air peiné, avide de s'instruire, avec ses yeux à la James Cagney. Il essaiera de vous embrasser. Détournez la tête. Ayez une sensation d'étouffement.

Quand il grimpe dans le lit, tout nu, plein d'ardeur, manifestez votre irritation en grognant, en pestant. Montrez-lui votre livre. Votre aspirine. Votre réveil sur la table de nuit qui dit 12.45. Il se rejettera lourdement de son côté du lit, exaspéré. Peut-être qu'il dira quelque chose du genre : Bon Dieu, qu'est-ce qui ne va pas ? Ou peut-être pas. S'il passe trop de temps au petit coin, ne lui posez pas de questions.

Le point sensible est toujours le même : il veut des enfants. Toute une nichée. Il veut avoir des enfants de vous. Dans la rue, il leur caresse la tête. Au supermarché, ils s'agglutinent autour de lui au rayon des fruits et légumes. Tout un petit tas serré de joues, de sourires, d'espoirs. Ils ressemblent à des raisins. Tout ça sera à toi, mon ange. Repartez en vitesse du côté des surgelés. Un soupir involontaire s'échappera de vos lèvres, comme du gaz qui fuit. Il lui prendra l'envie de s'acheter une caméra, des encyclopédies pour enfants. Dans les grands magasins il prendra dans sa main les petites chaussures pour bébés et, émerveillé, sifflera d'admiration. Évitez de faire des courses avec lui.

Il aura un neveu nommé Bradley Bob. Ou peut-être une nièce nommée Emily, toujours en rose, sentant le lait, le talc et les couches sales, bien qu'elle ait déjà trois ans. Quand il lui rend visite, elle se pavane et pousse des petits cris. Elle s'accroche à sa jambe comme si c'était un tronc d'arbre, et elle refuse de lâcher. Elle l'appelle Tonton. Il sait faire des tours : lui tirer des pièces de monnaie du nez, ou des oreilles. Elle hurle de joie, elle tape des mains pour applaudir. Une fois qu'il a pu libérer sa jambe, il la soulève dans ses bras, il la transporte comme une coupe qu'il aurait gagnée. Il est le meilleur de tous les tontons.

Envisagez de le quitter. De faire votre valise et de filer en douce, *via* la porte.

Mais dehors il fait chaud. Sec. Et puis quelquefois il vous arrive de le trouver sexy, comme Dean Martin en maillot de bain.

Non, vous ne pourriez pas faire ça l'été.

Réfugiez-vous dans les livres. Quand il vous demande ce que vous lisez, mettez-lui la couverture sous le nez, sans commentaires. Le lendemain, vous le retrouvez installé dans le fauteuil marron, à l'autre bout de la pièce, lisant le même livre. Il l'a emprunté à la bibliothèque municipale le matin même, pour une semaine. Il lèvera les yeux vers vous et vous dira avec un clin d'œil : Là, je t'ai eue !

Il fera mine d'écouter les émissions de musique classique, à la radio, et guettera du regard votre approbation.

Au théâtre ou au cinéma, il croquera des gaufrettes en faisant du bruit, et se plaindra de la tête de la personne qui est devant lui.

Il vous demandera ce que veut dire *pusillanime*.

Il vous demandera qui est Coriolan.

Il se peut qu'il ait envie de savoir où se trouve la Sardaigne.

Qu'est-ce que c'est qu'un *massepain* ?

Commencez à faire des plans pour vous tirer de là. Envisagez la possibilité de vous séparer à l'amiable. Ce n'est qu'une des possibilités.

Une semaine, un mois, un an. Dites-lui que vous avez changé. Vous n'aimez plus la même musique, vous ne mangez plus les mêmes choses. Vous vous habillez différemment. Vous deux ensemble, ça fait un couple incongru. Quand il vous dit que lui aussi il change, qu'il adore vos disques, votre thé, votre falafel, vos chaussures, dites-lui : Justement, c'est ça le problème. Faites votre possible pour le dérouter.

Arpentez la cuisine à grands pas et dites-lui que vous êtes malheureuse.

Mais je t'aime, dit-il sur son ton habituel, doux, étonné. Il remue la sauce des spaghettis mais vous laisse de bois, il a les yeux fixés sur l'intérieur de la casserole comme s'il s'attendait à en voir sortir quelque chose, un poisson magique par exemple. Dites-lui : en principe c'est tout ce qu'on demande. Et pourtant parfois, ça ne suffit pas, va savoir pourquoi.

Vous aurez oublié qui au monde a bien pu dire que les seules pensées qui en valent la peine sont celles qui vous viennent en marchant. Mais raccrochez-vous à cette formule. Les appartements rétrécissent parfois de l'intérieur comme une mare qui se dessèche. Vous manquez d'air. Dites : Je sors faire un tour. Quand il vous suit jusqu'à la porte, bourdonnant à vos côtés comme une mouche auprès d'une femme qui saigne, ajoutez : *toute seule*. Il prendra l'air douloureusement surpris, et vous aurez une bouffée de haine. Claquez la porte, descendez l'escalier quatre à quatre. Dehors, il fera plus froid que vous ne pensiez, mais il y a un bar pas loin, sombre, enfumé, tout poisseux de sirop renversé. Le barman qui s'appelle Rusty ou Max vous reconnaîtra. Un juke-box rutilant jouera du Jimmy Webb à toute berzingue. À votre gauche, un type un peu chauve en chemise violette essaiera d'attirer votre attention en chantant tout bas les paroles, ou bien tout haut avec une voix d'ivrogne. À votre droite, un autre type reniflera en mesure. Plongez le nez dans votre verre. Cachez-vous derrière vos cheveux. Le sirop vert coule, coule, comme le Mississippi, eh oui.

Ensuite : il y a les ennuis d'ordre médical. Il se mettra à pisser du sang. Dites-lui que vous n'en croyez pas un mot. Plus tard, quand il vous montrera, vous verrez un liquide foncé comme du jus de viande rôtie. Vous aurez l'impression de recevoir un grand coup de poing dans l'estomac, et en pleine gueule, et dans votre cœur qui bat la chamade.

Ce n'est pas le moment de partir.

Il y aura les rendez-vous chez les médecins, les avis divergents. Rien de concluant, mais des examens, des analyses. Il garde ses spécimens d'urine en bouteille dans le réfrigérateur, à côté des œufs et du beurre de cacahuète. Il y en aura dans des bouteilles d'assaisonnement pour salades. Il y en aura de différentes couleurs : vert, rouge foncé, marron. Demandez-lui où se trouve la vraie bouteille d'assaisonnement. Il vous la montrera du doigt avec un sourire désolé. Souriez-lui à votre tour. Il se mettra à rire et vous aussi. Effondrez-vous tous les deux, roulez-vous par terre. Hurlez de rire jusqu'à essoufflement total. Puis enfouissez votre figure dans le creux de son cou. C'est bien la seule chose au monde que vous puissiez faire. Ce soir-là, restez allongés tous les deux côte à côte, raides, silencieux, deux silhouettes d'un blanc argenté sous les draps. Comme deux aiguilles de couturière.

Continuez à faire la tournée des médecins. Attendez les résultats. Regardez votre montre. Si vous deviez le quitter. Regardez le calendrier. Vous ne pourriez pas faire ça à l'automne.

Il n'y a jamais rien de concluant, mais toujours des examens, des analyses.

Une fois par semaine, vous avez l'impression d'être retombée amoureuse de lui. Massez-lui le bas du dos quand il a mal. Posez votre joue contre lui, sentez, écoutez ses reins. Restez dans cette posture toute la nuit, sans jamais vous endormir vraiment, sans jamais vouloir vraiment dormir.

L'idée vous traversera l'esprit que ce que vous attendez, c'est qu'il meure.

Vous ferez la connaissance d'un autre comédien. À moins que ce ne soit le même. Lancez-vous dans une liaison avec lui. Commencez à mentir. Sortez dîner avec lui et avec sa mère qui a un cou à la Modigliani. Elle fumera des cigares, jouera avec la fondue, discutera de la contingence de l'amour maternel. Après cela, vous serez tous un peu ivres.

Il n'y a jamais rien de concluant, mais toujours des examens, des analyses.

Pourriez-vous le quitter alors que, tout joyeux, il se fraie un chemin dans la neige ?

Vous vous racontez l'enterrement. Vous parvenez presque à vous tirer des larmes. Vous voyez la chose dans le style post-romantique : excessif, vaguement wagnérien. Vous seriez consolée par ses sœurs sinistres et par son assistante dentaire de mère. Au cimetière, vous vous jetteriez toutes les quatre sur le bord de la tombe en soupirant et en sanglotant comme de vieilles femmes juives. Vous, en particulier, vous vous mettriez à pousser des cris, à relever vos manches, à lever les bras au ciel, l'écume aux lèvres. Toute honte bue, perdant toute dignité. Aussitôt après, un avion vous emmènerait à Acapulco où vous traîneriez dans les casinos, ivre, empestant l'alcool, jusqu'à trois heures du matin.

Quand vous êtes sortie dîner avec le comédien : rentrez furtivement. Vous avez l'estomac qui se contracte, vous ralentissez en approchant de la porte. Les voisins écoutent une musique que vous connaissez depuis votre enfance – un opéra où il s'agit d'une jolie femme qui s'est mal conduite et qui a coupé les cheveux d'un homme pendant son sommeil. Vous vous rappelez, tout d'un coup cela vous rappelle votre grand-père qui écoutait cela, lui aussi, avec une sorte de courroux, le visage empreint de toute la sévérité des prophètes. Les violons s'animent, le récit se déroule en ce moment même, tandis que vous êtes sur le pas de la porte. Réponds-zama-tendresse. Cela dégringole en cascade. Da-li-la, Da-li-la : c'est le lamento, l'avant-dernier solo d'un homme condamné.

Marchez sur la pointe des pieds. De toute manière, c'est sans importance. Vous le trouvez assis dans son lit, inexpressif. Embrassez-le, cajolez-le. Faites-lui l'amour comme jamais vous ne l'aviez fait jusque-là. À quatre heures du matin, vous serez encore réveillée, les yeux fixés au plafond. Vous vous ferez horreur.

Des projets de départ viendront s'installer dans la maison, camper dans le living-room. Ils auront des yeux de rat qui vous dévisageront dans le noir, tapis sous le divan ou sous l'évier, perles lumineuses regroupées deux par deux. Les plantes d'intérieur auront l'air de prendre parti pour ou contre vous. Certaines brandiront leurs tiges comme des bras pleins de colère. Vous croirez les entendre croasser comme des corbeaux. D'autres se contenteront de dépérir.

Quand vous sortirez, laissez-lui du linge sale plein l'évier. Vous le verrez qui, lentement, s'efforce de le sécher avec du papier en rouleau. La peau de ses avant-bras est toute rouge, presque ébouillantée sous les poils mouillés, aplatis. Vous serez tentée de lui dire de laisser ça, ou de se servir de la serpillière qui est dans le tiroir. Mais non. Vous mettrez votre manteau et vous filerez.

Quand vous rentrerez, la lumière sera allumée dans la salle de bains. Vous verrez des blouses à vous qu'il a lavées à la main. Elles seront suspendues à la barre du rideau de la douche, bien alignées : un reproche vivant. Les boutons, ce seront ses yeux à la James Cagney, l'étincelle presque éteinte, les paupières lourdes et tristes.

Glissez-vous tout doucement sous les couvertures ; tenez-lui la main pendant qu'il dort.

Il n'y a jamais rien de concluant.

Au bureau vous serez distraite, la larme à l'œil. Vous déambulerez dans les couloirs comme un légume ambulant. Ça se remarquera.

Comme les ouragans, les cauchemars ont leurs saisons. Soyez prête. Vous rêverez que quelqu'un qui porte un étui de violon vous poursuit dans toute la ville. Des gosses viennent se coller contre vous, l'air farouche, une grenade à la main. Parfois vous vous réveillez en sursaut, vous tendez la main vers lui, il n'est pas là. Perdu dans son propre sommeil, somnambule, il erre dans l'appartement comme un vieillard en bredouillant des bêtises, en se cognant dans les tables ou les lampes, drapé, comme dans une toge, dans une couverture qu'il a prise sur le lit. Levez-vous. Approchez-vous de lui. Touchez-le. Au début, il vous regarde sans vous voir, les yeux grands ouverts. Passez-lui les deux bras autour de la taille. Il se réveille, il pousse un grand soupir, et se met à pleurer, la tête dans vos cheveux. Au bout d'une minute, il sait où il est.

Rêvez d'arc-en-ciel, d'évasion, de sorciers. Votre passé passera devant vous à tire-d'aile, événement par événement, comme quand il y avait eu un ouragan chez Dorothy et que tout était passé par la fenêtre. L'un après l'autre, les événements, aériens, passeront. Faites-leur signe : tiens bonjour, tiens au revoir. C'est un exercice comme un autre.

N'allez plus tous les jours au bureau, téléphonez pour dire que vous êtes malade. Faites bien attention d'attendre qu'il soit parti à son travail. Asseyez-vous dans le fauteuil à bascule. Regardez l'appartement. En plein milieu de la matinée, il est tout baigné de lumière. Vous n'êtes pas habituée à le voir sous ce jour-là. Il a l'air étrangement désert, c'est presque comme une vision prémonitoire. Sur le rebord de la fenêtre, il y a des abricots desséchés, aussi rabougris que des boutons de veste. Une mouche vient, stupidement, se cogner contre la vitre. Le lit est là grand ouvert, béant comme une plaie qui s'infecte. Les plis marquent le temps, délimitent un territoire comme les capillaires d'une carte de géographie. Balancez-vous. En silence. Respirez.

Le soir où vous décidez finalement de lui parler, emmenez-le dîner dehors. Traduisez-lui les noms des hors-d'œuvre. Une fois rentrés, une fois allongés dans le lit tous les deux, annoncez-lui que vous allez le quitter. Il aura l'air traqué, mais pas vraiment étonné. Peut-être qu'il dira : Écoute, tu sais bien que tu peux voir quelqu'un d'autre si tu veux, alors, pourquoi partir ?

Ne vous lancez pas dans une discussion. Dites-lui que vous ne l'aimez plus. Ça le fera pleurer, il y aura des petits ruisselets de larmes qui viendront couler dans ses oreilles. Vous aurez un début de nausée. Il dira quelque chose du genre : « Une de perdue, zéro de retrouvée. » Vous êtes censée rire. Expirez lentement. Mouchez-vous. Éteignez la lumière. Prends les choses avec humour, murmurera-t-il dans le noir. Montre un peu de générosité.

Préparez-lui son petit déjeuner. Il voudra savoir où vous comptez aller. Répondez : chez le comédien. Ou bien : chez les bossus. Il ne mangera pas le petit déjeuner que vous lui avez préparé. Il le regardera d'un air hostile, touillera les œufs avec sa fourchette, et enverra valser l'assiette contre le mur.

Quand vous remonterez la Troisième Avenue en direction du métro, avancez à grands pas. Vous porterez un sac de voyage bourré. Les gens auront l'air de savoir ce que vous avez fait et où vous allez. Ils auront ses yeux à lui, toujours la même paire d'yeux, qui passera de visage en visage comme on se passe une paire de jumelles à l'opéra, comme un secret.

C'est vous, ça.

Descendant vivement les marches pour aller vous enfermer dans la fournaise du métro.

Incapable de regarder un mendiant en face.

Vous ne le reverrez jamais. Peut-être qu'un jour, pendant que vous serez à Central Park en train de manger un sandwich, vous le verrez passer en patins à roulettes. La bouche pleine, vous lui ferez signe de la main. Il vous fera un petit signe de tête, mais sans s'arrêter.

Il y aura toujours des examens, des analyses.

Une semaine, un mois, un an. La tristesse finira par mourir comme un vieux chien. Vous ne ressentirez rien d'autre que de l'indifférence. Plaintive, lasse, larmoyante comme un air d'harmonica joué par un cow-boy, elle ira s'assourdissant, jusque dans les collines au loin, lente comme de la musique *country* ou *western*. Eh oui, une fin comme une autre.

Départ, mode d'emploi

Si un éléphant par erreur va mourir dans un endroit découvert, le troupeau ne le laisse pas sur place…

Lewis Thomas,
Les Vies d'une cellule.

J'ai déjà écrit des livres. Trois livres pour enfants : *William*, *William part en voyage*, *Les Nouvelles Aventures de William*. Dans le premier, William trouve un canard et lui construit une maison avec une sonnette. Dans le second, William part vivre dans les bois et s'amuse bien. Dans le troisième, William découvre dans son placard un gnou. Le gnou lui saccage sa chambre. C'est dur la vie.

J'avais projeté d'écrire un quatrième livre, mais je n'arrivais pas à trouver d'idée pour une nouvelle aventure de William. Alors, à la place, j'écris sur le suicide comme démarche rationnelle – il n'y a pas là contradiction dans les termes. J'évite toutes les contradictions, toutes les inconséquences, je ne mélange pas les rayures avec de l'écossais. J'écris en puriste, en amateur de lait écrémé, en femme qui sait quels sont les meubles qui vont bien ensemble dans le living-room. Il y a un mois, j'ai appris que j'avais un cancer. Ce n'était pas le cancer bien net, bien circonscrit que j'aurais pu espérer, avec ses circonvolutions glissantes refermées sur elles-mêmes, durcies, tassées en une petite noisette facile à extraire. Ou à la rigueur, en deux petites noisettes. Celui-là s'était répandu dans tout mon corps comme un invité mal élevé, maladroit, obèse, qui mange trop, et qui occupe tout l'espace qu'il peut trouver. Pendant trois semaines j'ai fait de la chimio. Je portais des écharpes, je cachais les brosses à cheveux. Je mettais la stéréo bien fort quand je filais aux cabinets pour vomir. Deux fois seulement, Mozart n'a pas empêché Blaine de m'entendre dégueuler. Maman, ça va ? Sa voix avait une façon particulière de s'infiltrer sous la porte, petite mélodie qui s'était perdue en route et qui venait échouer dans une pièce pleine de tuyaux et de chairs déliquescentes, se baladant innocemment au milieu du parfum d'aérosol au lilas synthétique et des odeurs aigres de bile et de nourriture mal digérée. Ça va mon chou, ça va. Et merde, ça va.

Le docteur Torbein a dit qu'il y avait des tas de femmes qui étaient comme ça pendant des mois et qui allaient beaucoup mieux ensuite. Elles peuvent vivre pendant des années. Faire leurs courses de Noël, souffler les bougies pour leur anniversaire, toutes ces petites joies de la vie, ça vous plairait, ça, Elizabeth, non ?

Je ne suis pas une gosse à l'âge ingrat à qui on fait cadeau d'une carte de crédit pour les grands magasins, ai-je répondu. Comment voulez-vous que ça me plaise ! Autre chose : soyez gentil de ne pas m'appeler Elizabeth.

Il a été un peu surpris, un peu vexé. Ce genre d'insolence, il ne savait pas comment répliquer. Il a enlevé ses lunettes, ses bésicles si vous préférez, et il m'a regardée par-dessus son bloc-notes, du regard qu'on jette à une gosse réfractaire qu'on va priver de glace à la vanille. Ça ne sera pas facile, m'a-t-il annoncé (pas de glace à la vanille). Mais il y a des femmes qui ont survécu à des situations bien pires, des femmes qui n'avaient pas tous vos atouts, et qui souffraient bien davantage.

Ravie de l'apprendre, grand bien leur fasse, et je les félicite, ai-je répondu avec entrain.

Elizabeth, m'a-t-il dit d'un ton de reproche. Il a failli me semoncer de l'index, puis il s'est ravisé. Faites comme ça, m'a-t-il dit, à la place, me montrant qu'il fallait que je lève le bras le plus haut possible pour qu'il puisse examiner les tissus, palper d'éventuels ganglions, tout ça. Il s'est mis à siffloter *My Darling Clementine*.

Aïe ! ai-je crié. Il s'est arrêté de siffler.

Pardon, désolé, a-t-il marmonné, en essayant d'y mettre un peu plus de douceur.

J'évite de regarder mon torse. Zone sinistrée, dévastée, ratiboisée par les voies de chemin de fer et les voies de garage du Grand Chemin de Fer Chirurgical. Je sais bien qu'il y a des morceaux qui manquent, comme quand un gosse a enfoncé sa cuiller en douce dans l'entremets du lendemain. L'endroit où je croyais, quand j'avais cinq ans, que se trouvait mon âme, n'existe plus.

Je n'ai pas porté de soutien-gorge rembourré depuis mes quatorze ans, ai-je dit au docteur en souriant, et j'ai vu soudain mon avenir s'étaler devant moi : un cimetière peint par Ruysdael. Encore une chance que je n'aie pas à suivre des cours de gym, vous voyez ce ce que je veux dire, docteur ?

Joanie, Joanie, ma Joanie aux pieds palmés, pourquoi est-ce que je m'arrange toujours pour mettre le docteur Torbein tellement mal à l'aise, on pourrait croire qu'il est habitué, depuis le temps, ça doit lui arriver plus souvent qu'à son tour, même s'il y a de petites variantes, tu vois ce que je veux dire ? (Joanie sourit, et regarde ses pieds.) Je veux dire, il porte ses lunettes tellement bas sur le nez, comme ça, qu'il est obligé de se renfoncer son double menton dans la gorge s'il veut lire son bloc-notes qui a l'air de jaillir de sa bedaine comme si c'était le fruit de ses entrailles, et à moins que le sujet de conversation soit la quantité de fer contenue dans le sang, il est totalement dépourvu de la moindre ironie, ça lui donne des tics, tiens, regarde, comme ça (pas fort, comme humour, je ne me félicite pas).

Joanie ouvre des yeux grands comme des soucoupes : Jésus Marie Joseph, grommelle-t-elle (il n'y a que les catholiques pour aller chercher des formules pareilles). Ma parole, Liz, tu dis vraiment n'importe quoi.

Tout passe, tout lasse, tout casse, même les plaisanteries, dis-je, et je sens mes paupières qui s'alourdissent, perdant tout humour.

J'ai décidé de faire ça le 14 juillet. C'est un choix qui a une double valeur, symbolique et pratique. Ça laissera un peu de temps à Elliott avant de reprendre ses cours à la rentrée. Et comme Blaine n'ira pas en colonie de vacances cette année, elle pourra aller un peu chez les parents d'Elliott à la campagne. Comme il fera sûrement une chaleur atroce, je dirai à tout le monde de s'habiller légèrement. Pas de noir, pas de cravate, pas de chapeau, pas de veston. Les morts exagèrent d'infliger ce genre de torture en plein mois de juillet. Sandales à bout ouvert et parasols de rigueur, dirai-je à tout le monde (Et également : robes claires, pantalons de crépon, flasques et fioles de whisky, cocaïne.) Ils comprendront sûrement les règles assez vite. Ils connaissent. Ils en ont déjà vu, qui sont partis comme ça. Ils lisent les journaux, ils vont au cinéma, ils regardent la télé. Ils savent comment ça se passe. Ils savent pourquoi. C'est existentiel. Hemingway. On connaît. Ils connaissent la marche à suivre.

Quand j'ai parlé à Elliott de mon suicide, nous étions dans la cuisine, on s'engueulait à propos du four qui était vraiment dégueulasse. C'est drôle, je n'avais pas prévu que ça prendrait la forme : « Merde ça fait des semaines que ce foutu four n'a pas été nettoyé Elliott j'ai quelque chose à te dire. »

Il y a sûrement des façons plus poétiques de dire les choses.

Pendant des heures entières. Dans mon lit. J'étais restée allongée à me raconter ce qui se passerait quand je lui dirais. Cogitant, ruminant, me rappelant la façon dont nos corps, jadis, s'aimaient, se touchaient, valsaient ensemble. Maintenant mon corps est tout seul au fond du gymnase où se déroule le bal, et il n'est jamais invité à danser. Mon pauvre ami flétri, battu, vaincu. Je le berce comme un enfant malade. Seuls tous les deux, mon corps et moi, nous pleurons les morceaux qui manquent. Je ne comprends que trop bien la réticence qu'éprouve Elliott à faire l'amour avec moi. Pour lui, ce n'est plus le même corps, pour lui qui a une façon simple, presque adolescente, de percevoir tout ce qui est d'ordre physique. Ça n'est pas grave, dis-je, mais je contemple son grand corps, les taches de rousseur qu'il a sur le dos, et c'est encore pour moi quelque chose de précieux, de magique, presque. Le soir, je crois toujours qu'il s'endort le premier, mais quelquefois, quand je me réveille le matin, je trouve par terre à côté de son lit le tube de crème pour les mains, alors je comprends que je n'avais pas raison. Je vois là un symbole grossier de ma naïveté stupide, et de l'espace qui s'est creusé entre nous. Je remets le tube dans la salle de bains – et le lendemain je le retrouve par terre près du lit. Je n'entends jamais rien (Elliott, je ne peux vraiment rien faire ? Rien du tout ?).

Il était un peu pâlot, comme ça près du four. Il m'a pris la main, l'a embrassée, l'a serrée dans les siennes, l'a tapotée. Laissons passer un jour ou deux, si tu veux bien. Et puis on en reparlera.

Et puis on en reparlera, ai-je répété.

C'est ça, a-t-il dit.

C'est ça, ai-je dit.

Mais on n'en a pas reparlé. Pas vraiment. Oh, ça a bien fait surface par petits bouts, comme un corps perdu en mer qu'on retrouve sur le rivage quelques jours plus tard, un soulier par-ci, un doigt par-là, une côte emmêlée d'algues qui va et vient sur le sable avec la marée. Mais on n'en a jamais discuté à fond, vraiment à fond. Au lieu de ça, ont surgi de l'océan de la nuit, comme dans un film de science-fiction, des allusions, des suggestions, des références, muettes mais tangibles. Noires, lentes, elles se glissaient dans l'appartement et y trouvaient leur place comme des plantes d'intérieur précoces, vaguement carnivores.

La nuit dernière, j'ai entendu Elliott. Il croyait que je dormais, mais je le voyais bouger sous les draps, et je voyais sa mâchoire tendue. Ça m'a rappelé Ivan Illitch qui, au moment de mourir, laisse sa femme bien en chair dans leur chambre (avec tous les bibelots) pour aller dormir tout seul dans une petite pièce près de son cabinet de travail.

Nuit noire. Le ciel de cette fin de printemps s'est vidé, étrangement. Dans le chemin devant la maison, la lune s'affaire comme une vieille tante dont tout le monde a oublié l'existence.

Ce soir, j'ai invité nos amis les plus proches. Je les ai fait asseoir en rond dans le living-room, et j'ai annoncé que j'avais pris la décision de mourir, et que j'avais calculé quelle dose de Séconal il me faudrait. Ce sont des gens évolués, des intellectuels. Ils ne font pas des oh ! et des ah !, ils ne se mettent pas à chuchoter entre eux. Je leur explique que si j'ai choisi le suicide, c'est que cela me paraît l'alternative la plus rationnelle, la plus humaine, à mon cancer. Il s'agit moins d'une sorte de sacrifice que d'un geste élégant, pondéré. Et je leur demande leur soutien.

Il est évident que tu as réfléchi à ce que tu fais, dit Myrna, la femme poète que j'aime depuis mon enfance à cause de sa voix râpeuse, toujours un peu essoufflée, une femme qui prend des décisions engageant sa vie entière comme on boit un verre d'eau. Qu'il s'agisse de congédier un des ses amants, de choisir du papier à fleurs, d'apposer sa signature dans l'espace réservé à cet effet, ou de sauter dans un avion pour Caprera, avec elle, aussitôt dit que fait. Expéditive et sûre d'elle, elle a le tranchant de l'obsidienne. Nous avons affaire ici, ajoute-t-elle, à un esprit dont le siège n'est plus à faire. Un esprit qui, comme dit le poète, est un lit bien bordé. Liz, nous t'aimons, et nous sommes de tout cœur avec toi.

Je les regarde tous, et j'esquisse un sourire de gratitude, étant donné que Myrna semble s'être exprimée en leur nom à tous, même si elle ne les a pas consultés. Une femme comme ça, c'est un véritable miracle. Personne n'a l'air de protester.

Eh bien voilà, dis-je en prenant une gorgée de whisky. Je pense à mon lit dans la chambre d'à côté, avec les draps et les couvertures emmêlés qui traînent par terre. Et j'ajoute, après réflexion : Je n'ai pas peur de la mort. Ce qui me fait peur, c'est ce que nous allons devenir tous les trois, mon mari, ma fille et moi, si ça doit continuer comme ça.

Elliott, assis sur le divan à côté de moi, fixe ses mains érigées en dôme entre ses deux genoux.

Me voilà lancée. Je leur dis que ce cancer empoisonne au moins trois vies, et que je n'ai pas l'intention de me faire sa complice. J'explique qu'il ne s'agit pas d'un acte irraisonné. Il y a belle lurette que je dis et que je répète, ils le savent bien, que mieux vaut un suicide intelligent qu'une mort stupide et maladroite qui s'éternise.

Il y a un grand silence, imposant comme la galerie des glaces à Versailles. Respectueux, dirait-on.

Shennan, princesse algonquine avec des nattes noires et des yeux tristes, se lève et déclare sur le ton monocorde d'une élève qui fait un compte rendu de lecture en classe : Je crois pouvoir parler au nom de Liz pour dire que le suicide peut être, et est souvent, l'expression la plus directe de la vie. C'est une façon de dire que votre vie vous appartient, que vous n'allez pas la laisser moisir comme un reste oublié dans le fond du réfrigérateur. Si nous admettons que Liz a le droit de faire ce qu'elle veut de sa vie, sa mort aussi lui appartient, elle a le droit de la choisir. Depuis le temps que nous nous connaissons, Liz et moi, je crois que nous avons compris toutes les deux qu'elle se suiciderait probablement un jour ou l'autre. Ce n'est pas une lubie qui lui passe tout d'un coup par la tête. C'est sa conviction profonde, et de longue date, c'est sa façon de faire face à sa mort avec sang-froid, de manière réfléchie. C'est une affirmation de vie, une affirmation de soi.

(Certes, Shennan mon ange, mais n'avais-je pas toujours dit que soixante et onze ans serait préférable à quarante-deux, amoureuse comme je le suis, depuis toujours, des nombres premiers, ces drôles de petits diables virginaux. Soixante et onze ans : le bel âge, elle est morte dans la fleur de l'âge, voilà ce qu'on pourrait dire de moi. Ah Joanie, tu vois, je ne m'arrange pas...)

Shennan termine en disant que c'est l'aboutissement de toute une philosophie de la vie, le triomphe de l'artiste sur le monde physique, le monde mortel.

Ce sera peut-être l'acte le plus créateur que Liz ait jamais accompli, ajoute mon mari. Enfin, disons que c'est une façon de voir les choses.

Il avale avec peine sa salive. Sa pomme d'Adam, que j'adore, monte et redescend dans sa gorge comme un petit ascenseur. Je pense aux bières tièdes, aux livres laissés en plan, aux chandails sans boutons, et aux fausses couches là-haut. Je me demande si ce qu'il dit est vrai, après tout.

Je trouve que c'est très beau qu'elle fasse ça pour moi, ajoute Elliott en prime. Il me serre par les épaules. Je guette les larmes dans ses yeux, et il me semble bien en apercevoir une petite qui brille, comme une lentille de contact.

Eh bien voilà, dis-je.

Alors on se lève tous, on pleure et on mange du brie sur des crackers. Joanie s'approche de moi avec son mari, William. Jusqu'ici, le nom de Dieu n'a pas été mentionné.

J'ai peur pour toi, Liz. Elle pleure. Je la serre dans mes bras. Pourquoi ne m'as-tu jamais rien dit ? murmure-t-elle. Ô Liz, tu risques l'enfer, c'est ça qui me fait peur. Pourquoi fais-tu ça ?

William, lui, n'y va pas par quatre chemins, Liz, tout ça c'est de la foutaise. Un suicide en beauté, ça n'existe pas. Tu ne pourras pas ensuite revenir admirer ton œuvre et dire, franchement je m'en suis pas mal tirée. Ton geste figurera dans les faits divers, pas au Whitney Museum. Tout ça, c'est des relents de goût du martyre, une espèce de perversion de la religion catholique. Ça sonne faux. C'est un jeu de pouvoir.

(Quand je m'éclaircis la gorge, ça s'entend à des kilomètres.)

J'apprécie ta franchise, William.

Tu sais, continue-t-il, dans un salon, comme ça, plein d'amis, ça a l'air magnifique, mais ça ne colle pas, il y a quelque chose là-dessous qui ne tourne pas rond.

Joanie maintenant, la bonne élève du catéchisme : Nous t'aimons, Liz, Dieu t'aime, alors je t'en supplie…

Je comprendrais très bien, dis-je en lui coupant la parole, que vous ne puissiez pas m'aider à aller jusqu'au bout.

T'aider à aller jusqu'au bout ! s'écrient-ils en chœur, horrifiés. Ils partent de bonne heure, oubliant leurs deux parapluies. Le salon tangue.

Frank Sherman Franck aplatit sa mèche rebelle sur le sommet de son crâne, en sirotant son cherry-brandy. La mèche rejaillit aussitôt, comme un élastique, d'un mouvement vaguement obscène. Vous êtes formidable, Liz, roucoule-t-il. C'est terriblement courageux, ce que vous faites là. Je n'aurais jamais cru que vous iriez jusqu'au bout, et puis voilà…

(Il brandit son cherry, chérit son brandy.) Est-ce que vous croyez en Dieu, Frank Sherman Franck ? lui demandé-je.

Longue histoire, commence-t-il. Nous avons une sorte de pacte, lui et moi : moi je ne crois pas en lui, et lui, il ne croit pas en moi, comme ça on est quittes tous les deux.

Eh bien moi, Frank Sherman Franck, il y a des moments où je crois encore en Dieu, et puis ce sentiment s'éloigne comme un enfant sur une balançoire, en avant, en arrière, en avant, en arrière, et j'ai envie de dire (mais je ne le dis pas) comme ta mèche, baisse ta mèche, relève ta mèche. Entre-temps, William est revenu chercher son parapluie. Dans l'entrée, il arrête Elliott, lui dit quelque chose sur un ton pressant. J'entends la réponse d'Elliott : si je sentais en elle la moindre ambivalence, je le ferais, William, mais elle n'a pas la moindre ambivalence. Elle est sûre d'elle. Elle est forte. Elle sait ce qu'elle fait. Je suis bien obligé de lui faire confiance.

Excusez-moi, dis-je à Frank, et je file me réfugier un instant dans la salle de bains. Je ferme la porte à clef derrière moi, et j'enfouis ma tête dans le peignoir d'Elliott qui est accroché à la porte comme une espèce de gros mouton. Je le serre, je l'agrippe, je le presse, je pleure. Je pourrais me perdre dans ce grand espace blanc en tissu éponge. J'y enfonce mon visage, je hume l'odeur de savon familière qui me rappelle Elliott et qui me fait tourner la tête. Je me retourne, et à nouveau je m'appuie contre la porte, contre le peignoir. Cet endroit est un mausolée de pilules, de céramique et de lumières fluorescentes qui clignotent à une telle vitesse qu'elles donnent l'impression de fournir un éclairage continu, c'est très malin de leur part. Mais il n'y a que les imbéciles qui s'y laissent prendre. C'est l'endroit réservé aux morts, et réservé aux mourants qui vont avec les morts qui ne vont avec personne. Ce n'est pas du tout comme ça que les choses devaient se passer. Je suis soûle, ma parole. Ce qu'on devait faire, c'était de rester assis en rond bien poliment, un peu raides peut-être, et de discuter de ça froidement, comme dans un salon parisien où sont invités des peintres et des poètes, ou comme sur un plateau de télévision, et on serait tous tombés d'accord (mon raisonnement étant impeccable), que ma mort faisant partie de ma vie, j'avais parfaitement le droit, en tant que citoyenne et en tant qu'être humain, d'utiliser mon libre arbitre, et bla bla bla. On déclarerait que je suis un génie, on ne me piquerait pas mes meilleures répliques, et les gens pleureraient comme on pleure un 14 juillet, pas plus, et personne ne viendrait m'emmerder à parler de Dieu, de l'enfer, tout ça, et je ne verrais pas, en sortant de la salle de bains, Shennan qui reluque les fesses d'Elliott pendant qu'ils sont tous les deux seuls à la cuisine, l'un à couper du fromage, l'autre à préparer les crackers. Surtout je n'aurais pas à subir les crises d'aphasie de tous ces gens tellement éloquents et diserts par ailleurs, ce qui rend la chose particulièrement impardonnable. Ces gens qui ne savent pas quoi répondre quand on leur offre le collier de topaze d'une femme qui va mourir. Même Myrna n'a pas su faire face au collier de topaze, je n'arrive pas à le croire, ça n'est pas la Myrna que je connais, la femme poète qui saute dans un avion pour Caprera, qui congédie ses amants, qui sculpte ses poèmes avec autant de soin que Fabergé en mettait à fabriquer ses œufs de Pâques pour la collection du tsar. Je n'aime pas voir Myrna flancher, ce n'est pas son genre.

Je suis en voie de putréfaction. Je me demande si je sens mauvais, si je me gâte de l'intérieur comme un fruit, bien que je reste capable de marcher au milieu d'eux comme les morts parmi les vivants, comme le Christ, pour encore un peu de temps, un peu de temps seulement, jusqu'à ce que ça commence à se voir, que ça commence à devenir gênant. Je retourne au salon, je fais un pâle sourire, je reste au milieu de mes amis. Ma présence est incongrue, comme un cheveu sur la soupe. Elle est malséante, comme de péter dans un ascenseur.

Vas-y, laisse-toi faire. Mon mari m'enfonce la tête entre les genoux.

Ah là là, quelle soirée ! dis-je.

Chut. Tais-toi. C'est une posture qui amène l'oxygène au cortex. Tu sais que tu n'es pas censée boire comme ça.

J'inspire quatre fois de suite comme les premiers amphibiens quand ils sont sortis de l'eau. Comment est-ce que je m'en tire jusqu'ici ?

Le soleil est levé, ça me déprime comme le sourire imbécile des majorettes. Ma figure est du même blanc bleuâtre que les éléphants blancs.

Le téléphone sonne.

C'est Olga. Même à travers la distance téléphonique, je sens ses pommettes slaves pâles et calmes. Sa voix a l'accent anglais bourgeois, affecté, des vieux films de Joan Fontaine. Elle est désolée, dit-elle, de ne m'avoir guère parlé hier soir. Elle a été un peu désarçonnée, à la fois par mon annonce et par les réactions des autres. On avait presque l'impression, dit-elle, qu'ils étaient déjà au courant, et qu'ils avaient des réponses toutes prêtes, convaincus à l'avance comme ils l'étaient que tout ce que fait Liz est bien fait.

Les gens qui n'étaient pas d'accord sont partis de bonne heure, dis-je, et ils ont oublié leur parapluie.

Mais moi non plus je ne suis pas d'accord, dit-elle lentement, comme Jane Eyre. Est-ce qu'ils ne comprennent pas tout ce que tu as encore à offrir, ce que tu peux encore écrire, ce que tu peux faire pour ta fille ?

Olga, j'ai horreur qu'on me retape mes oreillers.

Olga change de ton. Il serait peut-être temps que tu apprennes à avoir besoin des gens, Liz. Et aussi à être un peu patiente. Tu n'as pas encore mérité ta mort. Au fond tu veux l'orgasme sans les préliminaires.

Écoute, Olga, pour l'instant, je prends ce qui se présente, figure-toi. Et épargne-moi tes métaphores sexuelles, si tu veux bien. (Moi aussi, je sens mon ton qui monte.)

Sois gentille, Liz, écoute-moi. Je te parle comme si j'étais ta sœur. Je ne peux pas ne pas réagir à ce qui s'est passé hier soir. Shennan qui était là en princesse indienne à célébrer la mort en se parant des plumes de la philosophie. Quant à Myrna – bon, Myrna, on sait comment elle est.

(Sauf que pas toujours, me dis-je en moi-même. Pas envie de discuter. Olga, retourne à tes ajoncs et tes bruyères, s'il te plaît.)

Je tiens énormément à toi, tu sais, continue-t-elle. (Rochester, de grâce, faites quelque chose.) Or, on a l'impression que ta mort et toi vous vous surveillez du coin de l'œil comme deux esseulés dans un bar qui ne se sont pas encore adressé la parole. Vous ne vous êtes même pas encore embrassés, même pas touchés, et malgré ça vous êtes prêts à coucher ensemble illico.

(Ça y est, c'est reparti. Jane Eyre, oui et non.)

Olga, franchement. Arrête de me parler de coucheries, on est dimanche. Qu'est-ce qui se passe, c'est Richard qui est revenu pour ses leçons de piano à l'œil ? (Je me sens vache, je brandis la baguette du maître d'école.) Écoute, il faut que j'aille voir ce que Blaine réclame. Elle est en bas, et ça fait un moment qu'elle m'appelle. Ça doit être une de ses tortues, ça ou autre chose.

Écoute-moi, Liz, je ne veux pas qu'on se quitte comme ça. Déjeunons ensemble bientôt.

(On se promet qu'on prendra rendez-vous.)

Je me creuse la cervelle pour les prochaines aventures de William.

Elliott et moi on a un abonnement pour aller au concert une fois par semaine. Ce vendredi je suis couchée, je suis sans courage.

Vas-y, toi, lui dis-je. Emmène Blaine. Emmène Shennan.

Liz, voyons, module-t-il sur un ton de léger reproche. Il est assis sur le bord du lit, habillé pour sortir, fleurant bon le savon danois, et je pense à la femme d'Ivan Illitch qui part au théâtre pendant que son mari a les reins qui flottent devant ses yeux comme la cataracte, les jambes soulevées contre le montant du lit par son serviteur – ah, où sont les serviteurs d'antan ?

Elliott, regarde comme je suis mal en point aujourd'hui. Je ne peux pas y aller comme ça. Sois gentil, vas-y sans moi.

Tu ne te sens pas bien, mon pauvre chou, dit-il en jetant un œil sur sa montre. Et j'ai droit au « Je te ramènerai une surprise », comme si j'étais une pauvre idiote, comme s'il suffisait, pour arracher mes nuits à leur insoutenable monotonie, de me faire des petits cadeaux : un album à colorier, une barre de chocolat.

Amuse-toi bien, sale con, voilà ce que je ne dis pas tout haut.

On est déjà en juillet. Les lucioles vont bientôt être là. Ma mort traverse mon après-midi comme une nonne en blanc, rapide, évanescente, comme la brume de chaleur sur les trottoirs, blanche comme la voile d'un bateau qui traverserait le macadam, puis qui tournerait au coin, fuyant le soleil. Je n'ai pas encore vu son visage, elle porte un capuchon qui l'enveloppe peut-être, mais je reconnais son mouvement souple, sa texture, elle avance toujours à l'oblique, d'un mouvement ondulant, elle glisse vers moi puis s'éloigne.

Ce soir, on a parlé à Blaine. On avait décidé de le faire ensemble. On était dans le living-room.

Tu vas mourir, c'est ça, a-t-elle dit avant que j'aie eu le temps de lui dire : Je sais bien, ma chérie, que tu es jeune, et que tu ne peux probablement pas comprendre. Elle a pris l'habitude de se coincer nerveusement les cheveux derrière les oreilles quand elle ne veut pas pleurer. Geste prophétique. Une oreille, l'autre oreille.

Oui. Et nous lui avons dit pourquoi. Et j'ai finalement pu placer : tu es jeune et tu ne peux probablement pas comprendre, et elle a pu placer un de ces regards douloureux et méprisants comme seuls en ont les enfants de dix ans, et puis elle a fermé les yeux comme un ange et elle s'est jetée dans mes bras en sanglotant, et j'ai sangloté moi aussi dans ses cheveux qu'elle s'était coincés derrière les oreilles, et j'ai maudit Dieu de m'obliger à subir ça, et Blaine voulait savoir bien sûr qui l'accompagnerait à ses cours de clarinette.

Une oreille, l'autre oreille. Elle a posé sa tête sur mes genoux comme un œuf qui coule. On est restées comme ça pendant une heure. Je lui murmurais des petites choses, je lui caressais les cheveux, je lui répétais que je l'aimais, et qu'il faudrait qu'elle ait beaucoup de patience, beaucoup de force. À neuf heures et demie, elle est partie dans sa chambre sans rien dire et elle est restée couchée dans son lit, les yeux gonflés, tournée vers le mur comme une amante rejetée qui veut mourir.

Ça y est, j'ai trouvé ce qui doit arriver à William. Quand le gnou sort du placard et salit sa chambre, William doit sonner de la trompette et obliger le gnou à s'arrêter. Il doit frapper du pied et dire : Ça suffit comme ça, arrête tes bêtises, gros gnou. Et rangeons un peu cette chambre ! Je suis pratiquement certaine que les gnous obéissent au son de la trompette.

Je voudrais bien dire ça à Elliott, mais le gnou était déjà dans le troisième livre. Et celui-là, il y a longtemps que je l'ai terminé.

Non, il va falloir que je trouve autre chose.

Seigneur, ça n'était pas censé se passer comme ça. J'étais là toute dressée sur mes ergots, comme Jésus entrant à Jérusalem le dimanche des Rameaux, aussi intrépide que Barbra Streisand, et puis voilà que jeudi tout d'un coup, j'ai l'impression que mon corps ne tient plus dans ma peau. Même Jésus, regardez-le, il pleure, il gémit, il soupire, il fait dans son froc. Mon Dieu, je veux dire Seigneur, ne me laisse pas partir comme ça, laisse-moi rester dans ce jardin près des flamants en plastique, laisse-moi chanter le blues jusqu'à la folie.

Elliott a une nouvelle manie, il entre dans la chambre avant le dîner et m'embrasse comme si on tournait un clip publicitaire.

Et qui est donc là dans les coulisses, à baiser Happy Rockefeller ? C'est pour les infos sur la 6 ? Mais mon minet, je ne suis pas encore morte : j'écris, j'ai faim. Faisons l'amour, mon biquet, faisons l'amour sur la terrasse, à l'aise Blaise, hein, ça te dirait, sur la terrasse, qu'est-ce que tu en dis ?

Et s'il ne part pas en claquant la porte, il reste là, maladroit, faux jeton, j'en pleurerais. Il n'a aucun goût pour la nécrophilie, et moi je soupire, j'ai le brusque désir d'avoir sous le menton la douce peau de son épaule, de sentir son souffle sur mon cou, de tenir dans mes mains le tendre modelé de son corps. Et quand je me retrouve seule dans la pénombre bleutée, j'ai encore envie de tout ça, j'ai soif d'amour à un point incroyable.

Même à minuit, la ville est accablée de chaleur. Ça fait un bon bout de temps qu'il n'a pas plu. Les bruits de la circulation, sous les fenêtres, tracent dans l'air de la nuit des formes trigonométriques : le cosinus d'une sirène, la tangente d'un soupir. Il y a un système, un axe, une logique dans ce chaos, oui.

Demain c'est le 14 juillet, Elliott, et je veux changer ce que j'ai commencé à écrire pour le quatrième livre sur William. Tel que c'est pour le moment, William croit qu'il a perdu son parapluie, et il parcourt toute la ville à sa recherche, poursuivi par la malchance comme par un chien hargneux. Quand il s'est fait éclabousser par un camion et qu'il a manqué de se faire renverser par un taxi, il finit par rentrer chez lui pour s'apercevoir qu'en fin de compte il n'avait pas perdu son parapluie du tout. Je veux que ça soit changé. Je veux qu'il vive toutes sortes d'aventures merveilleuses, picaresques, si bien que ça n'a plus aucune importance qu'il ait perdu ou non son parapluie. Tu peux te charger de ça pour moi ? Tu peux inventer pour moi une série d'aventures fabuleuses ? Peut-être qu'il rencontre des cow-boys et des Indiens et qu'ils font un grand barbecue avec des hot dogs et de la musique.

Ou alors peut-être qu'il rencontre une jolie petite Indienne et qu'il l'épouse, propose Elliott, qui a de ces idées, des fois, je vous jure. Je parie qu'il ne se rend même pas compte.

À moi maintenant : C'est ça, et puis il la scalpe et on lui remet une médaille pour le féliciter. Eh bien voilà, Elliott, je te confie le reste de l'histoire.

Ne t'en fais pas, dit-il en caressant doucement mes cheveux, que je me représente comme les derniers bouts de fil qui entourent une bobine presque vide.

J'aimerais bien la terminer moi-même, mais demain c'est le 14 juillet.

Oui, dit Elliott.

Joanie, mon ange, ma Joanie aux pieds palmés, je sais qu'il est tard, non non, ne te sens pas obligée de venir, non non je te jure, Elliott est là, tout va bien. Je voulais juste te dire que je t'aime et qu'il ne faut pas être triste pour moi… j'ai assez bon moral, tu sais, et les pilules, eh bien elles sont là sur une soucoupe, devant mes yeux, écoute, je vais te laisser te recoucher. Tu sais que je t'ai toujours beaucoup aimée, Joan, et s'il y a une vie après la mort… bon, bon, je n'irai peut-être pas au ciel, d'accord… toujours est-il… hein… tu me trouves idiote ? Écoute, sauf si ça doit te faire peur, j'essaierai de te faire signe, si ça ne t'ennuie pas, et sois gentille de garder un œil sur Blaine pour moi, tu veux bien, Joan, mon Dieu, elle est encore tellement jeune, là, tout dernièrement, au printemps, j'ai essayé de lui expliquer la menstruation, et tout ce qu'elle a trouvé à me dire, c'est, alors est-ce que ça veut dire que tous les jumeaux se ressemblent ? Je suis sûre qu'il y a plein d'autres choses qu'elle va avoir envie de savoir, et elle t'adore, Joan, je t'assure. Sois gentille avec Olga, fais ça pour moi, j'ai honte de l'avoir rembarrée comme j'ai fait. Rappelle à ton mari que je l'ai immortalisé, ha ! Tu peux croire une chose pareille, toi, si puritaine ? Joanie, fais bien attention à toi, et fais des prières pour moi, et pour Blaine, et pour Elliott qui a pleuré ce matin pour la première fois, il était désarmé, tu sais, je l'aime énormément malgré tout.

Tout ce que je vois je le vois avec l'œil rond de cette soucoupe vide, j'aperçois vaguement un bosquet d'arbres morts, et un défilé de gnous à la queue leu leu, comme les moutons que les enfants comptent quand ils n'arrivent pas à dormir, ils abandonnent la partie, ils tournent en rond, ils restent allongés au soleil en silence, ils commencent à se décomposer malgré eux, ciel, il n'y a pas de musique, pas la moindre trompette ici, tout ça va si vite, pas le moindre son, rien que cette chaleur blanche de juillet qui continue qui continue comme ça.

Comment parler à votre mère (notes)

1982. Sans elle, depuis des années maintenant, murmurez devant le réfrigérateur en train de dégivrer, « quoi ? », « hein ? », « ça suffit ce bruit », tout en l'écoutant qui chuinte, qui grince, qui gémit, jusqu'au moment où le dernier morceau de glace, vaincu, finit par se détacher du dessus du congélateur.

Rêvez, et dans vos rêves vous verrez des bébés ayant les qualités du teckel, ronds comme des ballons de baudruche, qui flottent près de la cime des arbres.

On implante le premier cœur en polyuréthane.

Quelqu'un là-haut joue *You'll Never Walk Alone* à la flûte à bec. Maintenant, c'est *Oklahoma*, ils doivent avoir un album des airs de Rodgers et Hammerstein.

1981. Dans les transports en commun, des mères accompagnées de chérubins en velours côtelé, sentant bon le savon, vous dévisagent. Elles portent sur leur visage le masque de la pitié. Leurs chérubins sont petits, ils se tiennent tranquilles, ou alors ils comptent sans se lasser les couleurs des sièges dans le bus : « Bleu-bleu-bleu, rouze-rouze-rouze, zaune-zaune-zaune ». Les mères voient que vous regardez leurs enfants. Elles vous sourient d'un air de sympathie. Elles sont persuadées que vous les enviez. Elles sont persuadées que vous n'avez pas d'enfant. Elles sont persuadées qu'elles savent pourquoi. Détournez vivement le regard, regardez dehors, à travers la vitre sale.

1980. Les bruits que font les objets, les appareils, dans la cuisine ; ça ronronne, ça coule, ça claque. Ce sont là quelques-uns des bruits qui structurent votre existence. À l'intérieur du tiroir, l'argenterie tinte, empilée comme les ossements dans une tombe collective. Vos comparaisons, ça ne s'arrange pas : de plus en plus sinistres, éculées.

Reagan est élu président, et pourtant vous aviez distribué des beignets et des tracts pour Carter.

Sortez avec un Italien. Il vous frotte le ventre et vous dit : « Tu as des marques, là, non, sur la peau ? » Des marques ? Ça vous tourne dans la tête, ça devient Marc-Aurèle, Marco Polo, marqueterie, Marcuse. Il vous plante des baisers plein le cou, et vous vous endormez contre lui, votre culotte enroulée autour d'une de vos cuisses comme une jarretelle de mariée.

1979. De temps en temps vous allez vous promener le soir du côté de votre ancienne maison qui n'a jamais été vendue. À deux heures de là où vous habitez maintenant, c'est comme un coin de campagne hanté de fantômes. On dirait Halloween : la pelouse bien ratissée éclairée par la lune, les arbres gigantesques, boursouflés, avec des bras qui se dressent dans le ciel sans étoiles comme des brûlures, des fissures, des fleuves dessinés sur une carte. Leurs ombres noires se balancent contre le rebord de la véranda. Il y a dans cet endroit des ombres comme on en voit en rêve, des vies étrangères. Tournez lentement le coin tout en continuant à regarder par la vitre de votre voiture. Cette maison est enracinée en vous, il y a encore là quelque chose que vous connaissez, que vous croyez reconnaître, une voix en haut des escaliers peut-être, ou bien une silhouette sur la véranda, une espèce de tablier qui s'est pris dans les branches, là-haut, soulevé par la brise trop chaude pour la saison, et puis une bizarrerie, cette fenêtre de tourelle que vous voyez toujours, du dehors, mais qu'on ne peut pas atteindre de l'intérieur. (Quand vous étiez enfant, vous vous vantiez : « Nous avons une chambre des mystères. De devant, on voit la fenêtre, mais on ne peut pas entrer. C'est un docteur qui vivait là, il y a des années, il pratiquait des opérations secrètes, et maintenant la pièce est condamnée. ») La fenêtre est là au milieu de la tourelle comme un œil mort.

Vous voyez un fantôme, une espèce de statue qui tourne sur elle-même, près d'un buisson.

1978. Enterrez-la dans le petit jardin sans soleil attenant à cette maison peuplée de fantômes. Votre frère est là avec ses enfants. Embrassez-vous. Le pasteur en veste de tweed, les champs déserts, le carrefour, tout ça est sinistre, on se croirait en plein

Middle West. Il y a des prières, et puis quelqu'un charrie de la terre. Les gens retournent vers leur voiture, et s'embrassent encore une fois. Entrez dans votre voiture avec votre nièce. Attendez. Regardez par le pare-brise. Dans le ciel de novembre, une bande de roitelets en formation triangulaire vole vers le Sud. Les contours du triangle, le sommet et les côtés, se déplacent avec une précision chorégraphique, planant ou faisant des ciseaux comme les jambes d'un patineur sur la glace. « Ils finiront par aller se poser, d'instinct, sur un arbre », dites-vous, « mais pas tout de suite, à des kilomètres d'ici. » Fascinée, vous continuez à les regarder jusqu'à ce que les oiseaux, lents comme des amibes dans l'espace, ne soient plus que des points noirs à l'horizon. Vous ne mettez toujours pas la voiture en marche. Votre nièce, silencieuse à vos côtés, finit par ouvrir la bouche : « Tante Ginnie, est-ce qu'on va au restaurant avec les autres ? » Regardez-la. Reconnaissez-la. Neuf ans, et portant une parka matelassée. Souriez-lui, mettez la voiture en marche.

1977. Elle vieillit, elle se balance dans votre fauteuil à bascule, silencieuse comme le vent. Les mèches de ses cheveux blancs, jaunies par trop de cigarettes, lui pendent un peu sur les yeux. Encore maintenant elle fume, la voix rauque à force d'expectorer. Quelquefois, pendant le dîner, dans votre minuscule cuisine, elle reste là à vous fixer, les yeux chassieux, et elle est soudain prise d'une quinte de toux qui secoue son petit corps de vieillard comme une tempête.

Arrêtez de manger votre pomme de terre au four. Demandez-lui si ça va.

Elle croasse : « Tu te rappelles, Ginnie, ton père disait toujours qu'à force de fumer je finirais par casser ma pipe. » Là-dessus elle rit, elle s'étrangle, elle perd à nouveau le souffle.

Faites-la se lever.

Appuyez-la contre vous.

Tapez-lui doucement dans le dos, là où ça fait une petite bosse ronde.

Demandez-lui d'arrêter de fumer, bon Dieu de merde.

Elle sourit un peu et dit : « Bon Dieu de merde. Est-ce que c'est des façons de parler à sa mère ? »

Le soir, allez vérifier comment elle va. Elle est couchée dans son lit mais elle ne dort pas, elle a les lèvres ouvertes, sèches. Apportez-lui un jus de fruit. Elle murmure : « Merci, ma grande. » Elle a mauvaise haleine, sa bouche est enflée comme de la terre qui lève dans un cimetière.

1976. Bicentenaire de l'Indépendance de l'Amérique. À la laverie automatique, vous avez mis vos pièces et vous attendez que ça se termine. À travers le hublot du séchoir, vous regardez vos serviettes et vos draps, endiablés, qui sautent et retombent. Le haut-parleur fixé au plafond diffuse de la musique noire de Detroit, des airs lents et tristes. Cela vous enveloppe comme la demande insistante et timide d'un garçon qui danserait avec vous dans un bal, et ça vous fait pleurer. Quand vous rentrez dans votre appartement, vous jetez tout le linge sur votre lit. Votre mère tricote, mais les couleurs sont à l'envers : rouge, blanc, bleu. Donnez-lui un petit baiser pour annoncer votre retour. Dites : « J'ai cru mourir tellement il faisait chaud. » Elle n'aura pas l'air de vous entendre.

1975. Allez toute seule assister à des séances de poésie qui se donnent à la bibliothèque municipale. Vous avez du mal à vous concentrer. Fixez vos cuisses croisées. Pensez à votre mère. Quelquefois vous la confondez avec le premier homme que vous ayez jamais aimé, qui vous ait jamais aimée, qui enfouissait sa tête dans votre chandail tout bouloché et qui disait des choses magnifiques telles que « oh mon Dieu, oh mon Dieu », un homme qui vous aimait inconditionnellement, à la folie, comme une mère.

Le poète perd une seconde les pédales au milieu de sa lecture, il rougit brusquement jusqu'aux oreilles, mais il retrouve bientôt son sang-froid. Quand il a fini, les gens applaudissent. Il y a un buffet avec du vin et du fromage.

Repartez toute seule, rentrez à pied, toujours toute seule. En ville, les rues sont des couloirs de lumière qui vous emprisonnent. Vous passez devant l'église, devant la maison des jeunes. Avancez comme Bette Davis dans le rôle de Stella Dallas, le dos droit, traversez le mélodrame des réverbères, des poteaux téléphoniques, voici la maison verte de l'autre côté de Borealis Avenue, voici l'appartement du fond, tout de traviole, avec son odeur de courgettes.

Votre horoscope dit : Ayez du cœur, ne laissez pas traîner les choses en longueur.

Vous êtes de nouveau enceinte. Demandez-vous ce que vous allez faire.

1974. Elle est parfois saisie de fringales, avec une sorte de frénésie sénile. Elle vous téléphone au bureau : « Il n'y a rien à manger dans cette maison. Fais quelque chose. Je meurs de faim. »

Vous avez fait les courses la veille, vous avez ramené plein de provisions. « Maman, je te jure qu'il y a à manger ! »

Quand vous rentrez, le réfrigérateur est pratiquement vide. « Mais enfin, maman, où est-ce que tu as mis le lait, le fromage, tout le reste ? » Votre mère est assise devant la télévision, elle vous regarde en levant les sourcils. Elle a des larmes qui lui coulent des yeux. « Il n'y a rien à manger, Ginnie. »

Vous entendez comme un bruit de papier froissé, des grattements, dans le lave-vaisselle. Vous ouvrez la machine et vous voyez briller les yeux d'une souris. Elle se sauve et file se cacher derrière le réfrigérateur. Apparemment, votre mère a fourré toutes les provisions dans le lave-vaisselle. Le lait s'est renversé, ça a fait une petite mare blanche au milieu du bleu. Quant au fromage, au saucisson, aux pommes, ils sont tout grignotés.

1973. À une soirée, quand une des invitées vient vous raconter qu'elle s'est acheté une paire de chaussures sublimes, dites-lui que pour vous, s'acheter des affaires, c'est comme la masturbation : tout le monde le fait, mais ça n'est pas très intéressant, on doit donc faire ça tout seul dans son coin, et surtout ne jamais en faire un sujet de conversation en société. L'invitée pince les lèvres, fronce les sourcils, et vous dit : « Je suppose que vous avez des choses beaucoup plus intéressantes à raconter ? » Perdez brusquement votre belle assurance, répondez « Non », et allez vous chercher un verre de Schweppes. Dites à la personne qui se trouve à côté de vous que vous avez l'impression d'avoir des entrailles en vinyle comme les cabinets de Claes Oldenburg. On vous répondra « Vraiment ? », et on vous fera remarquer que l'imprimé de votre robe représente des motifs de cachemire qui fécondent des motifs de cachemire. Resservez-vous du Schweppes.

1972. Nixon gagne les élections avec une majorité écrasante. Quelquefois votre mère vous appelle par le nom de sa sœur. Dites-lui « Non maman, c'est moi, Virginia. » Apprenez à répéter les choses. Découvrez que vous avez mille façons de vous connaître, elle et vous, au travers des mille façons que vous avez de ne pas vous connaître du tout.

Faites des beignets de pommes pour la première fois.

1971. Allez faire de grandes promenades pour être un peu seule. Promenez-vous dans des régions boisées. Vous trouvez là toute une vie dont vous aviez oublié l'existence. Vous êtes saisie par les bruits, les odeurs. Vous les reconnaissez avec précision, le craquement de papier froissé des feuilles, l'âcre relent de la boue. Les arbres sont tordus comme des dos, les pieux des palissades sont fendus, ils sont confiants et précaires dans leur façon de se serrer les uns contre les autres. Les asters sont grêles, secs, rendus cassants par la gelée blanche. Trouvez un beau caillou brun-rouge et ramenez-le à votre mère. Embrassez-la. Dites-lui : « C'est pour toi. » Elle le prend dans sa main et sourit. « Quand tu étais petite, tu étais une enfant très sensible », dit-elle.

Répondez : « Oui, je sais. »

1970. Vous êtes à nouveau enceinte. Demandez-vous ce qu'il faut que vous fassiez.

Faites-vous couper les cheveux tout court, comme un garçon.

1969. L'homme bondit sur la Lune.

Les couches jetables font leur apparition dans les supermarchés.

Ayez des liaisons épisodiques avec des types pas possibles qui vous disent de vous laisser pousser les cheveux jusqu'à la taille et qui, quand vous êtes triste, vous chatouillent les côtes pour vous dérider. La lune, en passant à travers les stores vénitiens, dessine sur vous des rayures, comme un zèbre. Vous riez. Vous ne vous mariez toujours pas.

1968. Ne faites pas de reproches à votre mère. Pensez par exemple à ce qui se passe quand on enlève de son emballage le dernier sac-poubelle : il faut se débarrasser de l'emballage, et où est-ce qu'on le met ? Dans le sac-poubelle. Le contenu devient le contenant, et c'est au tour de l'ancien contenant d'être enveloppé, entouré, tenu. Vous vous apercevez que vous prenez grand plaisir à des élucubrations de ce genre.

1967. Votre mère est malade et elle vient habiter chez vous. Elle n'a pas d'autre endroit où aller. Vous ressentez diverses sensations de vide.

Première greffe du cœur réussie en Afrique du Sud.

1966. Vous confondez vos différents amants quand vous repensez à eux, vous vous y perdez, entre la cicatrice de l'un, la voiture de l'autre, la mère du troisième.

1965. Fumez de la marijuana. Essayez de comprendre ce qui a déclenché le ratage de votre vie. C'est comme d'essayer de trouver ce qui empeste dans le réfrigérateur : ça pourrait être n'importe quoi. La mayonnaise qui n'a plus son couvercle, le vin au miel de l'oncle Ronnie qui traîne là depuis quatre ans, des brocolis tout jaunes et montés en graine. Chacun de ces exemples peut être vu comme l'un de vos problèmes. Votre horoscope dit : Parlez gentiment à l'un de vos proches.

1964. Votre mère vous téléphone pour vous demander si vous comptez venir pour Thanksgiving, votre frère sera là avec son bébé. Dites que malheureusement vous ne pourrez pas.

« Quand une mère vieillit, » dit votre mère, « ce genre de réunion prend une grande importance. »

Dites : « Je suis désolée, maman. »

1963. Réveillez-vous un matin aux côtés d'un homme dont vous pensiez que c'était avec lui que vous vouliez passer le restant de vos jours, et découvrez brusquement, la gorge nouée, que vous n'éprouvez même pas de sympathie pour lui. Passez l'après-midi à pleurer dans sa salle de bains, ne lui ouvrez pas quand il frappe à la porte. Vous ne pouvez plus vous fier à votre instinct. Des gens ou des lieux que vous pensiez aimer sont peut-être des gens ou des lieux que vous détestez, en fait.

Assassinat de Kennedy.

Quelqu'un invente un cœur artificiel provisoire qui peut être utilisé pour les opérations.

1962. Mangez chinois pour la première fois, avec un avocat de Californie. Il vous apprend à manger avec des baguettes. Il vous tapote la jambe. Attaquez sa profession. Dites-lui que tout ce qu'ils font, lui et ses confrères, c'est de faire des montagnes à partir d'une taupinière.

1961. Mort de Grandma Moses.

Vous êtes un véritable nœud d'anxiétés. Vous prenez l'habitude de vous verser une rasade de cognac dans votre café du matin, et vous tombez amoureuse pour un oui pour un non. Vous vous faites avorter.

1960. Vous touchez l'argent qui vous revient du testament de votre père et de son assurance-vie. Vous vous achetez une voiture et une robe en velours vert dont vous n'avez que faire. Tous les samedis, vous faites deux heures de route pour aller déjeuner avec votre mère. Elle vous donne des idées de sujets sur lesquels vous pourriez écrire, des choses qu'elle a entendues à la radio : une femme qui a des jumeaux télépathes, une femme qui n'a pas de pieds.

1959. À l'enterrement, elle dit : « Il avait ses problèmes, mais c'était un homme généreux », alors que vous savez parfaitement qu'il était radin comme pas un, et incapable d'écouter qui que ce soit. La seule fois où vous avez éprouvé de l'affection pour lui, c'est le jour où il avait compris le fin mot d'une histoire drôle que vous racontiez, avant votre mère. Alors il avait levé la tête de sa revue scientifique, et il avait éclaté d'un grand rire sonore. L'espace d'un instant, il y avait eu entre vous comme une communion magique, vous étiez deux anges baignant dans la chaude lumière de l'esprit.

Dites : « Je ne lui reproche rien. »

« Tu n'as aucune raison d'être amère », jette votre mère. « Il vous a payé vos études, à toi et à ton frère. » Elle boutonne son manteau. « Il a aussi été le premier à isoler un des isotopes de l'hélium, j'ai oublié lequel, il aurait dû avoir le prix Nobel. » Elle se tamponne le nez avec son mouchoir.

Répondez : « Oui, maman. »

1958. Au mariage de votre frère, on emmène votre père en ambulance. Un petit cousin murmure tout haut à sa mère : « Qui est-ce qui a attaqué l'oncle

Will, maman ? » Pendant sept jours consécutifs, répétez à votre mère des choses du genre : « Je suis sûre qu'il va s'en tirer », ou bien : « Je vais rester, tu devrais rentrer et essayer de dormir un peu. »

1957. Dansez le calypso avec des étudiants d'un collège voisin. Soûlez-vous au bourgogne de Californie, perdez votre virginité, achetez une des premières machines à écrire électriques portatives.

1956. Parlez à votre mère des livres que vous lisez à l'université. Ça lui fera plaisir.

1955. Coloriez un portrait-surprise d'Elvis Presley. Dites à votre mère que vous êtes amoureuse de lui. Elle secouera la tête.

1954. Piquez un chandail en cachemire dans un magasin.

1953. Fumez votre première cigarette avec Hillary Swedelson. Racontez-vous vos grandes passions. Devenez sœurs de sang.

1952. Quand votre mère vous demande s'il y a des garçons sympathiques dans votre classe, répondez-lui que vous ne voyez pas comment vous pourriez en savoir quelque chose étant donné que vous devez être à la maison à neuf heures tous les soirs. Elle haussera les sourcils comme on lève un rideau de théâtre et dira : « Pauvre petite victime ! »

Répondez : « Et en plus tu trouves ça drôle », et partez en claquant la porte.

1951. Votre mère vous explique la menstruation. Dès le lendemain vous avez vos premières règles, comme si votre corps n'attendait que cette autorisation, ce signal. Vous vous réveillez le matin toute confuse.

1949. Vous apprenez à faire péter les bulles de bubble-gum, et à additionner les nombres négatifs.

1947. Découverte des *Manuscrits de la mer Morte.* Vous avez vu toutes les comédies musicales de Hollywood, vous admirez les gens qui chantent en public, et vous vous figurez que vous pouvez en faire autant. Exercez-vous. Quand la prof vous pose une question, répondez en chantonnant : « Yes, we have no bananas. » La plupart des élèves se moquent de vous mais il y en a deux ou trois qui vous regardent avec des yeux ronds comme des billes. À la maison, quand votre mère vous demande de passer un chiffon sur votre commode, lancez-vous dans des trémolos et chantez, comme à l'opéra : « Pourquoi, pourquoi maintenant et pas plus tard ? », puis dirigez-vous vers la salle à manger en faisant des claquettes. Votre mère vous prie de vous calmer et d'aller faire une petite sieste. Criez-lui : « Tu t'en fiches, de moi, tu t'en fiches bien pas mal. »

1946. Votre frère met toute la journée sur son tourne-disque *Shoofly Pie.*

Demandez à votre mère si vous pouvez aller dîner chez Ellen. Elle vous répond : « Va demander à ton père. » Et vous, en faisant craquer vos jointures, vous allez dans le living et vous vous adressez à lui d'une petite voix geignarde. Il est en train de lire. Tapotez-lui le bras. « Papa ? Papa ? » Il continue à lire sa revue scientifique. Faites craquer vos jointures encore plus fort, et filez à la cuisine vous plaindre auprès de votre mère. Elle arrive en trombe dans le living et dit : « Est-ce que tu ne pourrais pas une fois de temps en temps écouter tes enfants quand ils te parlent ? » Vous les entendez se disputer, vous avez honte, vous vous cachez la figure dans un torchon, le moindre bruit vous fait peur : le moteur du réfrigérateur, le robinet qui coule.

1945. Votre père revient de la guerre. Il vous promène sur son dos dans le jardin où l'herbe est jaune et drue comme du chaume. Vous vous sentez fixée par la fenêtre morte dans la tourelle, sombre comme une plaie ouverte. Il vous pousse sur la balançoire, sans parler.

Votre frère a de nouveaux amis, il joue les grands, il prend ses distances, même quand vous êtes tous les deux à attendre le car de l'école.

Vous passez trop de temps toute seule. Vous dites à votre mère que quand vous serez grande, vous emmènerez vos bébés en Australie pour voir les kangourous.

Quarante mille personnes sont tuées à Nagasaki.

1944. Habillez et pouponnez une petite poupée que vous avez baptisée « la Sue ». Emmenez-la partout. Perdez-vous en plein milieu du marché aux fruits et appelez d'une petite voix : « Maman, où es-tu ? » Regardez les autres enfants qui chipent des raisins, mais sans oser les imiter. Vos yeux sont sombres, profonds comme des gorges. Vous serrez la Sue dans votre main.

1943. Demandez à votre mère comment naissent les bébés. Demandez-lui de vous raconter des histoires de bébés. Demandez-lui si elle va avoir un bébé. Demandez-lui de vous parler du bébé qui est mort. Pleurez dans ses bras.

1940. Attrapez les cheveux de votre mère dans votre poing fermé. Frottez-les contre votre joue.

1939. Comme à travers une hélice, comme à travers une oreille. C'est là que vous êtes le plus près des brusques bouffées de rêve, des autres vies.

Des jambes en forme de tente, la séparation de deux êtres, et toutes les deux vous cherchez à reprendre votre souffle. De l'autre côté de ce qui est là, froid, brillant, elle sait que vous essayez de lui parler. Il y a là quelque chose que vous n'arrivez pas tout à fait à comprendre.

L'Allemagne envahit la Pologne.

Le tube de l'année est *Three Little Fishies*. On l'entend sur un tourne-disque quelque part.

Amahl et les visiteurs nocturnes : guide de l'amour en musique

30/11. Dites-vous bien que votre chatte est une pute et qu'elle ne peut pas vous aider. Elle prend l'amour là où elle le trouve, en véritable aventurière. C'est une splendide nomade, elle n'est l'amie de personne. Rappelez-vous le mois dernier, quand Bob qui habite au rez-de-chaussée vous l'a donnée parce qu'il était brusquement devenu allergique aux chats. Elle a sauté sur vos genoux et elle s'est mise à ronronner, gutturale comme une chanteuse de cabaret allemande, avec ses petits poils doux et familiers comme de la moisissure. Bob, désolé, était encore là, il reniflait en vous donnant ses instructions, espérant une dernière caresse. Il s'était mis à quatre pattes, il agitait les doigts dans la fourrure. La chatte s'est contentée de cligner des yeux. Pendant ce temps-là, elle vous faisait des grâces, elle piaulait, libérant une haleine qui sentait le poisson, bref, elle prenait ses aises. « Eh oui », dit Bob en se relevant, « je n'existe plus, je fais maintenant partie de son passé de chaton. »

C'est tout Bob. Il dit à la chatte « Tâche d'être une grande fille, maintenant », il hausse les épaules, redescend chez lui, met un disque de jazz particulièrement torride, boit du vin, et contemple le crâne chauve de la montagne toute pelée par l'hiver.

1/12. Moss Watson, l'homme que vous aimez entre tous, chante le 23 décembre dans *Amahl et les visiteurs nocturnes* que monte l'Opéra d'Owonta. Il joue le rôle de Gaspard, le roi mage à moitié sourd. La sagesse des mages, dit Moss, vous vient sous toutes sortes de formes. Oui, vous dites-vous, parfois sous la forme d'un roi, et parfois sous la forme d'un coup de téléphone hésitant qui dit que le roi sera en retard à cause de la répétition, couchez-vous sans l'attendre. Et ensuite quand vous rappelez pour lui dire de faire attention de ne pas laisser sortir la chatte quand il rentrera, vous apprenez qu'il n'y avait pas répétition ce soir-là.

À trois heures du matin vous entendez sa voiture dans l'allée, vous entendez claquer la porte d'entrée. Quand il entre dans la chambre, vous voyez un bref instant sa haute carrure encadrée par l'embrasure de la porte, ses cheveux couleur de poudre de curry. Quand il se baisse pour enlever ses chaussures, c'est comme si une petite pièce, dans l'assemblage délicat de son dos, se libérait pour lui permettre d'effectuer ce seul mouvement. Il ne fait pas de bruit. Quand il se couche, il vous embrasse une épaule, puis il tire la couverture sur lui jusqu'au menton. Il sait que vous ne dormez pas. « Je suis fatigué », dit-il doucement pour vous repousser quand vous vous retournez pour venir vous blottir contre lui. Dites-lui : « Tu n'as pas laissé la chatte se sauver ? »

Il dit que non, mais qu'il aurait bien dû. « Tu deviens une vraie mère-aux-chats. Tu sais, Trudy, les chats, c'est la pire sorte de substitut. »

Dites-lui que justement, vous adorez ça, les substituts.

Dites-lui que vous l'aimez.

Dites-lui que vous savez qu'il n'y a pas eu répétition ce soir.

« On a décidé de la faire à l'école Montessori, tu te prends pour ma mère, ou quoi !? »

Dans le noir, vous apercevez la courbe délicate de son nez. Écartez doucement les cheveux de son front. Dites-lui : « Je t'aime, Moss, est-ce que tu as une liaison avec une brebis ? » Vous avez vu un film, un jour, où un type avait une liaison avec une brebis, et il se conduisait avec sa petite amie comme Moss avec vous en ce moment : l'air épuisé.

Les yeux de Moss se ferment. « Je te rappelle que je suis un roi, pas un berger. Tu te conduis comme mon ex-femme. »

Son ex-femme est maintenant réalisatrice de télévision dans le Missouri.

« Est-ce que tu as une liaison, Moss ? Avec une vraie personne ? »

« Trudy », soupire-t-il en se détournant de vous et en prenant presque toute la couverture. « Arrête ce petit jeu. » Dites-vous que vous faites des histoires pour rien. Que d'une seconde à l'autre il va se retourner, se coller contre vous, vous rassurer par ses baisers, vous dire qu'il vous aime, qu'il n'aime que vous. « Ma petite Trudy », finit-il par vous dire, « comment veux-tu que je trouve le temps d'avoir une liaison ? »

2/12. Votre chatte grandit, elle mange énormément, voracement, comme un cheval de course. Bob l'avait nommée Stardust Sweetheart, c'est lourd à porter, alors Moss et vous, vous lui cherchez d'autres noms : Pudding, Clébard, Popo, Yearling, Stéphanie, Emily. Appelez-la par tous ces noms. « Il faut qu'elle s'habitue aux équivoques et aux malentendus », dit Moss. « Et il faut qu'on commence à la laisser sortir. »

Dites : « Oh non. Elle est encore trop petite. Il pourrait lui arriver quelque chose. » Enlevez-la à Moss et prenez-la dans vos bras. Emmenez-la avec vous dans la salle de bains. Présentez-lui le miroir. Dites-lui : « Bonzour zolie petite satte. » Demandez-vous si vous ne commencez pas, ma parole, à ressembler à Bob.

3/12. Quelquefois, Moss doit répéter dans le living-room. Le roi Gaspard a une grande boîte à bijoux et il doit chanter devant le jeune Amahl, subjugué, un air où il est question de cette boîte. Il doit ouvrir des tiroirs et en sortir des perles, de la réglisse, des pierres magiques. Malheureusement, les tiroirs passent leur temps à se coincer. Moss finit par arracher sa fausse barbe et par hurler : « Je ne peux pas continuer à chanter une merde pareille ! Il n'est question que de fric et de diams ! Je suis le ténor de l'amour, moi ! » L'année dernière, ils avaient monté *La Bohème*, et Moss faisait Rodolfo.

Voilà le genre de choses pour lesquelles il a besoin de vous : l'aider à ouvrir et à refermer sa boîte à bijoux. Agenouillez-vous à côté de lui. Montrez-lui qu'un des tiroirs est sorti de sa glissière, et qu'il ne faut pas tirer trop fort. Il sourit et vous remercie en prenant sa voix démente de roi Gaspard : « Merci, oh merci, merci ! » Il reprend son air : « Voici ma boîte. Voici ma boîte. Je ne voyage jamais sans ma boîte. »

Le chant, dit Moss, c'est toujours comme de sculpter un cri.

Dites : « Ciao. » Transportez la télé dans la cuisine. Regardez l'émission de MacNeil et Lehrer. Inquiétez-vous pour le Congrès qui bat de l'aile.

Écoutez les trains faire le cri de l'oie, la nuit, quand ils passent tout près de chez vous.

4/12. Quelquefois le téléphone sonne, mais la personne raccroche sans rien dire.

5/12. Votre chatte met maintenant les pattes dans son écuelle quand elle boit, puis, quand elle ressort de cette brève baignade, elle se lèche les pattes, elle se lave le museau avec, en plusieurs fois, et n'oublie pas les oreilles, comme si ça la grattait. Vous l'observez. Le mélange de gris et de rose, sur ses pattes, fourrure et coussinet, ressemble à des petites têtes de guenon. Elle voit que vous la regardez, elle s'arrête pile, vous fait un clin d'œil, et s'affaire à nouveau, le museau plongé sur son ventre, une patte en l'air puis une autre. On dirait une danseuse de ballet en collant de fourrure tout absorbée par ses gestes. Mais en même temps, elle grandit tellement vite que ça la rend maladroite. Pendant qu'elle marche, tout d'un coup, elle a une hanche qui flanche, alors elle s'arrête, sans comprendre ce qui se passe. Parfois elle trébuche, elle a du mal à déplacer le long des meubles la nouvelle masse que représente son corps. Elle se trouve propulsée dans le vaste monde alors qu'elle n'est pas encore prête. Cela entame sa confiance en elle. Elle vous regarde d'un air étonné : *Mais qu'est-ce qui m'arrive ?* Elle revient se frotter contre vos chevilles en couinant. Vous la prenez dans vos bras, vous la calez contre votre menton, vos dents serrées d'amour pour elle, vous prenez une voix toute sucrée comme une mère avec son bébé pour lui dire des choses du genre : « Alors comment ça va mon petit rat musqué, ma petite friponne, ma petite chatte en sucre ? »

« Est-ce que tu t'entends, Trudy ? » crie Moss de la pièce d'à côté. « Non mais, est-ce que tu entends comment tu parles à cette chatte ? »

6/12. La saison des courses de Noël bat son plein, mais malgré ça le magasin pour lequel vous travaillez, au centre-ville, ne fait pas d'affaires. « Le centre commercial », gémit Morgan, votre patronne.

« À tous les Noëls c'est pareil ! On est foutus. Ces mules couleur berlingot. Qu'est-ce que je vais bien pouvoir en faire ? »

Conseillez-lui d'en mettre une de chaque en devanture avec une énorme pancarte qui dira : L'AUTRE EST À L'INTÉRIEUR. « Les gens ne regardent que les pancartes. Thom McAn a fait ça une fois. Ils ont eu des foules de clients. »

« Toi ma petite, tu es déprimée », dit Morgan.

7/12. Moss et vous, vous invitez les autres chanteurs du spectacle, sauf Amahl, à venir dîner un soir, avant la répétition. Vous invitez aussi Bob. Trois rois, la mère (célibataire) d'Amahl, vous-même, et Bob. Comme ça quatre personnes peuvent raconter leurs anecdotes piquantes à propos du spectacle et il y a deux personnes pour les écouter.

« C'est cucul, comme opéra », dit Sonia, qui joue la mère d'Amahl. « Sentimental comme c'est pas permis. » Sonia, c'est tout ce que vous auriez rêvé d'être : intelligente, juive, chaleureuse, et en plus, des cheveux magnifiques. Tout en parlant, elle mâche un morceau de votre tourte aux épinards. Elle dit qu'elle trouve ça délicieux. Une fois qu'elle a avalé, il lui reste un petit morceau d'épinard enroulé autour d'une dent, ça fait comme si la dent manquait. À part ça, elle est très belle. Personne ne lui fait de remarque à propos de ce morceau d'épinard sur sa dent.

À deux pièces de là, la chatte joue avec une bille dans la baignoire vide. C'est un de ses jeux favoris. Elle donne un coup de patte à la bille, qui file sur la céramique comme un stock-car. Ça fait un bruit de crécelle.

« Qu'est-ce que c'est que ce bruit bizarre ? » demande Sonia.

« C'est la bête. On devrait la faire sortir, Trudy. » Il verse du vin à Sonia, et elle murmure « Merci ».

Levez-vous d'un bond. Dites : « Je vais lui enlever sa bille. » Derrière vous, vous entendez Bob : « C'était ma chatte, avant. Elle s'appelle Stardust Sweetheart. Je suis devenu allergique. »

Melchior vous crie : « Laissez donc cette chatte, Trudy. Laissez-la s'amuser. » Mais vous allez quand même dans la salle de bains et vous reprenez la bille. Du fond de la baignoire, votre chatte vous regarde, la tête penchée, adorable et innocente, une vraie petite Shirley Temple. Puis elle se retourne et donne des coups de patte dans les gouttes qui tombent du robinet. Grattez-lui la nuque, avec ses poils tout emmêlés. Refermez la porte derrière vous. Mettez la bille dans votre poche.

Vous entendez Balthazar faire des plaisanteries à propos de l'opéra. Il l'appelle *Amyl et les nitrates*.

« J'ai toujours trouvé Menotti insipide », dit-il au moment où vous rentrez dans la salle à manger.

« Une commande pour la télé, on ne peut pas s'attendre à autre chose », dit Sonia. Et la voilà partie sur *La Bohème* et autres opéras. Elle emploie des mots tels que *verismo*, *messa di voce*, Montserrat Caballé. Elle sourit. « Un opéra, c'est comme la contraception : faites l'amour, pas des enfants. »

Commencez à débarrasser. Dites aux invités de garder leur fourchette pour le dessert. Dites-leur qu'ils auront beau dire ce qu'ils veulent, n'empêche que vous trouvez qu'*Amahl* est un opéra magnifique et qu'à la fin, quand la mère laisse son fils partir avec les rois mages, ça vous tire toujours des larmes. Moss vous fait un petit clin d'œil. Enhardissez-vous. Secouez bravement la tête. Ajoutez : « Papage*no*, Papage*na* – pour moi, *La Bohème*, finalement, ça n'est rien d'autre que des histoires de foulards. »

Gloup, les invités s'étranglent en avalant leur vin.

Seul Bob vous regarde et vous sourit. « Je vais t'aider à débarrasser », dit-il.

Moss se lève et fait diversion par une annonce : « Sonia, tu as un petit morceau d'épinard sur la dent. »

« Ciel », dit-elle, et sa langue fouaille sous sa lèvre avec l'élégance d'un écureuil.

8/12. Moss aime encore bien, quelquefois, prendre une douche aux chandelles avec vous. Vous avez généralement dix bonnes minutes avant qu'il n'y ait plus d'eau chaude. Savonnez-lui le dos, ses larges omoplates vous donnent envie de lui. Serrez-vous contre lui. Murmurez : « Tu sais, en fait, j'aime beaucoup *La Bohème*. »

« Ne t'en fais pas, va », dit Moss, miséricordieux. Il se retourne et vous attrape par les fesses.

« C'est juste que tes amis m'intimident. Ou alors c'est mon boulot, c'est Morgan, cette pile électrique usée, qui me tape sur les nerfs. » En fait, vous l'aimez bien, Morgan.

Mettez-vous à fredonner un air de Dionne Warwick, et puis arrêtez-vous, un peu confuse. Moss n'aime pas chanter sous la douche. Il a déjà ses opéras, ses cérémonies religieuses, ses noces et ses *bar mitsvas*, alors sous la douche : repos. Dites : « Enfin je veux dire que c'est *peut-être* Morgan. »

Moss relève la tête sous le jet, euphorique, absent. Ses cheveux sont lissés en arrière comme ceux d'un bébé ou ceux d'un gangster, ils sont assombris par l'eau, brillants comme une pochette de disque. « Est-ce que Bob t'intimide ? » demande-t-il.

« Bob ? Bob, il est tellement gentil que c'en est presque pathologique. Je l'adore. »

« Moi aussi. Il est bon comme du bon pain. »

Dites : « Oui, c'est un bon copain. »

« Je n'ai pas dit *un bon copain* », dit Moss, « j'ai dit *comme du bon pain*. » Un silence se fait. Depuis quelque temps, ça vous arrive, de vous comprendre de travers. Hier soir, au lit, vous avez dit : « Moss, tu sais que je n'aime pas parler de ces choses-là, mais pour une fois, je te demande d'écouter... » « Dégoûté ? » a-t-il dit. « Qui a dit que j'étais dégoûté ? » Et puis il s'est endormi, ses ronflements griffant la nuit comme des zombies.

Rincez-vous à tour de rôle. Ne lui faites pas remarquer qu'il prend toute l'eau. Finissez par lui demander : « Est-ce que tu crois que Bob est homosexuel ? »

« Bien sûr. »

« Comment le sais-tu ? »

« Oh, je ne sais pas. Au centre commercial, on le voit toujours au Sammy's. »

« C'est un bar à pédés ? »

« Un peu de tout. » Moss hausse les épaules.

Pensez : « Un peu de tout. C'est ça, les centres commerciaux. » « Tu y es déjà allé, toi ? » Frottez-vous vigoureusement entre les seins.

« Une ou deux fois », dit Moss, et pendant ce temps-là, l'eau refroidit.

Dites : « Ah bon. » Puis refermez le robinet, allez vous poser sur le tapis de bain. Tendez une serviette à Moss. « Moi qui m'escrime toute la journée à essayer de garder un peu de vie au centre-ville, je n'ai pas beaucoup l'occasion de fréquenter ce genre d'endroit. »

« Eh non », dit Moss, et l'ombre des bougies tremble sur le rideau de la douche.

9/12. Il y a deux ans, quand Moss est venu s'installer chez vous, ça avait quelque chose de formidable de se lever le matin. Vous vous leviez, vous vous habilliez, et, sachant que votre amant était encore endormi dans votre lit, vous partiez à votre travail en même temps que tous ces gens qui vont à leur bureau, à leur usine, avec le sentiment que le monde vous appartenait. « Mon homme », comme on chante dans les goualantes, était là chez vous bien au chaud, comme un cœur qui fait circuler le sang et va animer toute votre journée.

Maintenant, vous avez une sorte de fascination morbide pour les programmes d'informations à la télé. Vous vous levez, vous vous habillez, vous allumez la télé, vous restez assise devant le poste tout en mangeant vos céréales posées sur vos genoux, vous maudissez en silence tous les gouvernements de la terre, vous partez à votre travail en vous demandant comment le soleil a encore le culot de montrer sa face, vous vous demandez pourquoi tout est saisi d'un mouvement d'accélération, soudain, même les vieilles dames vous doublent sur l'autoroute. Vous vous demandez comment il se fait que Moss soit présent, toujours, dans tous vos fantasmes érotiques, et puis si ça n'est pas une fable, finalement, les vitamines, et s'il fallait mourir, est-ce que vous aimeriez mieux mourir d'un cancer ou d'un accident de voiture ? Et l'homme que vous aimez, endormi dans votre lit, est comme un cœur lourd, lourd, qui pèse sur toute votre journée.

« Ces foutues mules couleur berlingot », dit Morgan, quand vous arrivez au magasin.

10/12. Voilà que ce qui plaît à la chatte, maintenant, c'est de grimper dans la baignoire et de se mettre sous le robinet pour faire sa toilette. Elle laisse l'eau couler sur son museau, puis elle s'essuie en s'enlevant soigneusement les saletés du coin des yeux.

« Regarde-la, est-ce que ce n'est pas un amour ? » dites-vous à Moss.

« Ouais. Arrive un peu, petite traînée », dit-il en lui donnant une claque sur l'arrière-train, comme on fait pour un chien.

« Ça n'est pas un chien, Moss, c'est une chatte. »

« Exact. C'est-une-chatte. N'oublie surtout pas ça, Trudy. »

11/12. Encore le téléphone. Ça sonne, et on raccroche.

12/12. Moss continue à rentrer très tard. Au lit, il vous caresse avec l'entrain de quelqu'un qui, rentrant chez lui épuisé, doit encore sortir les ordures et verrouiller la porte.

Il dort les bras repliés sous la nuque, avec les coudes qui ressortent, traîtreusement embusqués comme deux poignards, ou comme le chariot ennemi dans *Ben-Hur*.

13/12. Achetez un arbre de Noël, des décorations, un socle, ramenez tout ça chez vous et installez-le pour faire la surprise à Moss.

« Pourquoi est-ce que toutes les lumières sont entassées dans le fond ? » demande-t-il en refermant la porte derrière lui.

Dites : « Je sais. Tu ne trouves pas ça ravissant ? Attends, tu n'as pas encore vu les guirlandes. » Placez au bout de chaque branche des poignées de glaçons d'argent, tassés les uns contre les autres comme de la luzerne.

« Très joli », dit Moss, qui vous embrasse, puis vous relâche. Suivez-le dans la salle de bains. Demandez-lui comment s'est passée la répétition. Il montre du doigt la litière de la chatte et chante :

« Voici ma boîte. Je ne voyage jamais sans ma boîte. »

Dites-lui : « Tu ne vas pas bien, Moss. » Jouez avec les passants de sa ceinture.

14/12. La fourrure blanche qui entoure le cou de la chatte pousse et se met à ressembler à une collerette empesée. « Une fraise », dit Moss. Qui croirait qu'il allait connaître un mot pareil ? « Quand est-ce qu'on va la laisser sortir ? »

« Quand elle sera un peu plus vieille. » Depuis quelque temps, elle ne quitte plus guère le rebord de la fenêtre, comme un hypocondriaque qui ne quitterait plus son lit. Une fois qu'elle est là, vous n'existez plus pour elle. Ce qui l'intéresse, ce sont les voitures, les doigts crochus des arbres, un écureuil de temps en temps, les rails du chemin de fer allongés comme de grandes échelles tombées par terre. Appelez-la : « Ou-tchou-tchou, ma petite poulette ! » Gavez-la pour essayer de capter ses bonnes grâces.

15/12. Il y a des films nouveaux qui sortent : un sur le Brésil, un autre sur la misère sexuelle dans les régions rurales de l'État de New York. « Moss, qu'est-ce que tu en dis ? On va se voir un petit film pendant le week-end ? »

« Je ne peux pas », dit Moss. « Tu sais bien que je suis débordé. »

16/12. À la télé, les informations ne parlent que de mort : mort de jeunes soldats, de jeunes mères, de jeunes enfants. Par comparaison, vous avez déjà vécu une éternité. Dans un véritable paradis.

17/12. Donnez une pomme de terre à votre chatte et regardez-la dribbler comme si elle jouait au foot. Ses gestes sont mieux coordonnés qu'avant. Elle se fait tout un petit scénario avec sa pomme de terre, elle se raconte qu'elle a gagné, elle lui marche dessus, et puis elle fait des galipettes pour la rattraper. Elle ne fonce plus à l'aveuglette, elle ne se cogne plus contre les meubles. Elle calcule ses déplacements. Elle repère la pomme de terre près du pied de la commode, elle se tapit et lui saute dessus. Quand elle s'ennuie, elle grimpe sur le rebord de la fenêtre et regarde le paysage en remuant la queue. Des chats ont remarqué sa présence, ils viennent rôder la nuit. Même si c'est ce qu'elle veut, ne la laissez pas sortir.

18/12. Le téléphone sonne. Vous dites allô, et on raccroche. Deux minutes plus tard, ça resonne, mais cette fois c'est Moss qui prend la communication dans la pièce d'à côté. Il parle doucement, à demi-mots, ce n'est pas la bonne voix cordiale qu'il a d'habitude. Quand il raccroche, allez le trouver et demandez-lui d'un air dégagé : « Qu'est-ce que c'était ? »

« Arrête », dit Moss. « Je t'en prie, arrête. »

Demandez-lui où est le problème, c'était Sonia, non ?

« Arrête », dit Moss. « On dirait ma femme. L'Histoire se répète, c'est hallucinant. »

Dites-lui que rien ne se répète. Jamais, jamais. « Sonia, c'est ça ? »

« Trudy, tu ne peux pas continuer comme ça. Tu as trop écouté *La Tosca*. Bon, je sors m'acheter un hamburger. Tu veux quelque chose ? »

Ne pleurez pas. Répondez par monosyllabes. Dites : « Non. Rien. Va. »

Dites : « Attention, ne laisse pas sortir la chatte. »

Dites : « Tu devrais prendre un chapeau, il fait froid. »

19/12. En fait, ce que vous avez écouté, ce sont les succès de Dionne Warwick : tout à fait le genre de chirurgie à cœur ouvert qui convient à votre cas. Quelquefois vous prenez la chatte et vous valsez en la tenant dans vos bras. Son ronronnement est comme un talkie-walkie : intermittent, plein de parasites.

Quand on en arrive à *Do You Know the Way to San Jose*, vous la reposez par terre, vous faites une espèce de charleston, pieds nus dans vos bas, et la chatte vous attaque les pieds, qu'elle a pris soudain pour deux gros rats.

De temps en temps vous vous cognez dans l'arbre de Noël.

De temps en temps vous vous effondrez dans un fauteuil et vous essayez de vous persuader que rien de tout ça n'est bien grave.

Quand Robert MacNeil, à la télé, annonce qu'il faut juguler l'inflation, vous l'imaginez aux prises avec une énorme poupée gonflable qui s'est soudain animée. Voilà quelles sont vos distractions.

Quand Moss rentre à quatre heures du matin, murmurez : « Le monde est bourré de gens, tu sais, mais tu ne peux pas les aimer tous. »

« Aime et tousse », dit-il.

20/12. Les boutiques du centre commercial restent ouvertes tard parce que c'est la dernière semaine avant Noël. Moss est censé s'y trouver, ils font une présentation publicitaire d'*Amahl et les visiteurs nocturnes* dans le kiosque qui jouxte celui du Père Noël. Décidez d'aller y faire un tour. Vous pourrez en profiter pour chercher un chandail pour Moss dans les boutiques pour hommes, et peut-être aussi un chandail pour Bob. L'année dernière, c'était complètement raté, vous vous êtes tous les deux fait rembourser votre cadeau, alors vous ne voulez pas que cette année ça recommence. Avec des chandails, vous êtes tranquille.

Le parking du centre commercial, bien qu'il soit sept heures du soir, est plein comme un œuf, mais vous arrivez tout de même à trouver une place.

Dans le hall d'entrée du centre, ça sent le pop-corn rance, et la vieille urine de clochard remontant à trois jours. Un ivrogne appuyé contre la porte vous sourit et lève à votre santé un verre absent.

Dites : « À la vôtre. »

Avant d'arriver au kiosque qui se trouve à l'autre bout du centre, entrez dans toutes les petites boutiques à la mode. Comparez les prix avec ceux d'Owonta Flair : c'est un peu moins cher ici. Achetez des trucs, surtout pour Moss et pour la chatte.

Chez le marchand de fournitures pour animaux, la caissière vous tend le sac avec vos achats, vous sourit et vous dit : « Joyeux Noël. »

Répondez : « Vous aussi. »

Dans la boutique de chandails pour hommes la caissière vous tend le sac avec vos achats, vous sourit et vous dit : « Joyeux Noël. »

Répondez : « Vous aussi. »

Dans la boutique de ceintures, la caissière vous tend le sac avec vos achats, vous sourit et vous dit : « Revenez nous voir. »

Répondez : « Vous aussi. » Rougissez. Ayez les yeux qui rétrécissent comme des pépins de pomme.

Dans le kiosque qui jouxte celui du Père Noël, il n'y a qu'un vieux type en salopette grise occupé à empiler des chaises.

Demandez-lui : « Excusez-moi, est-ce qu'il ne devait pas y avoir ce soir *Amahl et les visiteurs nocturnes* ? »

Le type marque une pause. « Des visiteurs, y a que ça », dit-il en montrant du geste tous les gens qui font leurs courses. Des gens en parka. Des gens qui circulent avec une lenteur tout hivernale. Des gens qui n'ont pas vu un passage clouté ni un coin de ciel depuis des heures.

« Je veux dire, le spectacle de lancement de l'opéra. »

« Les chanteurs ? » Il regarde sa montre. « Ça fait un moment qu'ils sont repartis. »

Remerciez-le, et allez vous promener du côté des salles de cinéma 1, 2 et 3, pour regarder les affiches. Au moment où vous alliez repartir, vous voyez Moss et Bob qui sortent ensemble d'un bar près du cinéma. Ils ont l'air fatigués.

Rassemblez vos paquets. Approchez-vous d'eux. Dites-leur : « Tiens, salut. J'ai raté le spectacle de lancement, alors je pensais aller voir un film. »

« On a fini de bonne heure », dit Moss. « Sonia ne se sentait pas bien. Bob et moi on est allés boire un verre au Sammy's. »

Levez les yeux et regardez le nom du bar qui, bien sûr, est le Sammy's.

Bob sourit et dit « Hello, Trudy. » Le fait que Bob dise toujours *hello* au lieu de *bonjour*, ça lui donne un petit air du présentateur de « Bonsoir les petits », Mister Rogers, sur la 13.

Moss a encore un peu de maquillage, des traces de colle autour de la figure. On aperçoit sa fausse barbe qui dépasse de sa poche. Souriez-lui. Dites : « Ça alors, Moss ! Moi qui croyais pendant tout ce temps que c'était Sonia, et voilà que c'était Bob. » Faites-lui une petite pichenette sous le menton. Ne relâchez pas votre sourire. Personne, même pas Bob, ne répond à ce sourire. Bon, ça ne devait pas être la chose à dire.

« Trudy, tu es vraiment chiante et plus que chiante », finit par dire Moss, en passant sa main dans ses cheveux pour dégager son front.

Bob se fait tout petit dans son pardessus. « Je crois que j'ai oublié quelque chose », dit-il. « Je vous retrouve plus tard. » Il touche la manche de Moss, fait demi-tour, et disparaît à l'intérieur du Sammy's.

« Putain de merde. » La voix de Moss résonne dans tout le centre commercial. C'est l'heure où les boutiques commencent à fermer, il y a des types qui sortent pour baisser les rideaux de fer. Le Père Noël est descendu de son kiosque, il mange un pâté impérial.

Moss vous tourne le dos et part à grandes enjambées vers la sortie, géant courroucé dont la barbe dépasse de la poche de son pardessus. Courez-lui après, rattrapez-le par la manche, forcez-le à s'arrêter. Dites-lui : « Je m'excuse, Moss. Mais enfin qu'est-ce que j'ai fait ? Dis-moi. Qu'est-ce que j'ai fait de mal ? » Vous regardez son visage, les marques orange et marron et les traces de colle, et vous comprenez soudain : Ma parole, il ne réalise pas qu'on a fait le projet de vivre ensemble toute la vie. Vous avez même fait le projet de mourir ensemble, enfin, pas une vraie mort, plutôt une espèce de pas de deux, comme Gene Kelly et Leslie Caron dans *Un Américain à Paris* (sauf que vous seriez plus vieux).

« Tu es incapable de foutre la paix aux gens », dit Moss en crachant ses consonnes comme des arêtes de poisson.

Dites : « La paix aux gens ? Je ne comprends pas, Moss. Mais qu'est-ce qui nous arrive ? » Vous voudriez l'aider, le secourir, construire autour de lui des maisons avec des pelouses magnifiques.

« *Nous* arrive ? C'est qui, nous ? »

La voix de Moss résonne. Il met ses gants. Il vous dit que vous n'êtes qu'une gosse. Qu'il a besoin de prendre ses distances. Que pour vous l'amour, c'est comme la météo à la télé : on voit une fille qui montre des points sur une carte, et on croit que c'est ça le temps qu'il fait. Il a besoin de s'éloigner un peu de vous, de s'installer ailleurs, pour réfléchir.

Le sac qui contient la nourriture pour la chatte dégringole par terre. « Mais Moss, l'opéra est dans trois jours. Où vas-tu aller ? »

« Dans l'immédiat, dit-il, je vais aller m'acheter un hamburger. » Et il fonce vers les portes du centre, les pousse toutes à tour de rôle jusqu'à ce qu'il trouve celle qui s'ouvre.

Restez là l'air hébété à fixer le stand de confiserie du cinéma. Vous voyez les berlingots *Good and Plenty*. « *Good and Plenty*, tu parles », sifflez-vous entre vos dents. Votre frange vous tombe sur les yeux. La rengaine *Jingle Bells* vous rebat les oreilles.

Dans les cinémas de votre enfance, tout était en bois sculpté, et dans les toilettes pour dames, il y avait des portraits encadrés d'Elizabeth Taylor et d'Ava Gardner. Les cinémas avaient chacun leur nom : le Rialto, le Paramount. Il y avait des ouvreuses et des berlingots *Good and Plenty*. Des ouvreuses avec des lampes de poche et des robes noires à col blanc. Ce n'est plus comme ça, maintenant. Plus d'ouvreuses, il faut tout faire soi-même.

« Trudy », dit une voix derrière vous. « On peut t'accompagner ? » « On » : impersonnel. C'est Bob. Retournez-vous pour le regarder, mais c'est comme tout à l'heure pour les berlingots, vous avez la vue brouillée, tout vous paraît confus, indistinct, comme si vous aviez des saletés dans les yeux.

Répondez : « Bien sûr. Pourquoi pas ? »

Dans la salle 3, prenez des places près de l'allée. Écoutez la musique d'ambiance. L'air a la même odeur que dans les avions.

« Tu sais, c'est bizarre, pour Moss, dit Bob en regardant droit devant lui, il est tellement occupé avec son opéra que ça le rend nerveux, irritable, il a l'impression d'étouffer. Mais tu sais, c'est un type en or. »

Ne répondez rien, et puis finissez par articuler : « Moss comment ? »

Gardez les yeux obstinément fixés sur le rideau où jouent des éclairages rosés. Essayez de vous concentrer sur des choses plus importantes, les pluies acides par exemple.

Bob tapote le bras métallique de son fauteuil. Dites-lui : « Écoute Bob, je ne suis pas complètement idiote. Je suis née à New York, j'y ai même vécu jusqu'à l'âge de quatre ans. Alors dis-moi : avec qui Moss couche-t-il ? »

« Mais, à ma connaissance », dit Bob avec le sérieux du scientifique qui vérifie toujours ses hypothèses, « Moss ne couche avec personne. »

Gardez les yeux fixés sur les éclairages rosés. Et puis, d'une voix de contralto bien timbrée, lancez : « Eh bien moi je vais te le dire, Bob. Il couche avec *moi*. Voilà avec qui il couche. »

Quand les lumières baissent et que le rideau s'ouvre, on voit s'allumer sur l'écran des petits briquets qui vous demandent de ne pas fumer. Et puis il y a les annonces pour les prochains spectacles. Bob se penche vers vous et vous dit : « Ces films-annonces sont épouvantables. »

Répondez : « Oui. Bientôt sur votre écran : que dalle ! »

Il y a tellement de films-annonces que vous ne savez plus, au milieu de tous ces films, lequel vous êtes venue voir. Le générique vous prend par surprise. Les images se mêlent comme lorsqu'on a mal à la tête. Il s'agit apparemment d'une femme dont l'amant, qui se désintéresse d'elle, se met à faire des choses incroyables telles que d'engueuler le chat et de faire des scènes dans les centres commerciaux.

« De quoi parle ce film ? »

« Du Brésil », chuchote Bob.

Le public rit de quelque chose qui se passe sur l'écran. Vous êtes la seule à ne pas rire, vous vous sentez exclue. Chuchotez : « Bob, je crois que je vais sortir. Tu veux sortir aussi ? »

« Bonne idée », dit Bob.

Il est dix heures et demie, il fait froid. Les boutiques ont toutes fini par fermer. Les voitures quittent le parking. Dites à Bob : « Regarde, c'est fou le nombre de gens qui viennent faire leurs courses ici. » Le monde entier prend soudain l'allure d'un centre-ville qui agoniserait lentement.

Apercevez votre voiture, dirigez-vous vers elle. Bob vous retient par la manche. « Ma voiture est de l'autre côté. Écoute-moi, Trudy. Pour Moss : même s'il fait des choses bizarres, et même si on ne sait pas ce qu'il finira par décider en fin de compte, je peux te dire une chose : il t'aime. Ça je le sais. »

Dégagez doucement votre manche. Faites un pas de côté, en direction de votre voiture. Les faisceaux des phares vous éblouissent, il y a surtout des phares et des grincements de pneus. Dites : « Écoute, Bob, tu es un ange. Mais tu es sentimental comme c'est pas permis. » Pivotez sur les clous de vos semelles cloutées, et adieu.

Une fois rentrée chez vous, la chatte refuse de danser avec vous sur les airs de Dionne Warwick. Elle reste assise sur le rebord de la fenêtre avec des vibratos dans la gorge, et la queue qui remue comme un pendule duveteux. Dehors, elle a sûrement des amoureux qui la supplient de se laisser fléchir. « Tu as des petits copains là-bas ? » Quand vous éteignez la chaîne hi-fi, elle descend d'un bond et vient s'enrouler amoureusement autour de vos chevilles. Entendez-vous alors lui dire, à votre grand étonnement : « Tu veux sortir ? » Elle vous regarde d'un air suppliant, les yeux brillants d'espoir, et elle vous suit jusqu'à la porte. Elle ne quitte pas des yeux votre main qui s'approche du bouton. Elle veut que vous la laissiez partir, que vous la laissiez mener sa vie. Vous vous y prenez en douceur, vous tournez, vous tirez. La porte pivote sur ses gonds avec un bruit de succion en se détachant de l'encadrement, l'air froid de la nuit s'insinue à l'intérieur comme un appel venu de l'avenir. Elle ne part pas tout de suite, mais tout son corps est comme électrisé. Elle guette, dehors, l'éclair des yeux et les bruits de frôlement. Et tout d'un coup, à gauche du réverbère, elle les voit : quatre, cinq éclairs phosphorescents. Alors, sans un adieu, sans même se retourner, elle descend les marches, elle file, attirée par l'inconnu, un inconnu qu'elle connaît sans le connaître, par une religion toute nouvelle pour elle et pourtant très très ancienne.

21/12. Toute forme d'adoration est saisonnière, comme Noël.

Moss passe chercher des affaires. Il habite chez Balthazar pour quelques jours, et puis après l'opéra, après Noël, tout ça, il se cherchera un studio.

Opinez du bonnet. « Un studio, c'est exactement ce qui convient à un artiste. » Vous avez envie de lui demander si tout cela fait partie d'une espèce d'opéra larmoyant où il vous quitterait afin de vous épargner le spectacle de sa mort tragique causée par une phtisie galopante.

Il dit : « Je sais que c'est ce qu'il faut que je fasse. » Il ouvre des placards dans la cuisine, des penderies dans l'entrée, il sort des cartons, des tasses, des chaussures. Il prend son temps, ses gestes n'ont rien de revendicatif, et vous lui en êtes reconnaissante.

« Qu'est-ce que tu as fait ce soir ? » demande-t-il sans vous regarder, mais avec quelque chose de direct dans la voix, comme une main qu'il poserait sur vous.

« J'ai regardé le magazine de MacNeil et Lehrer pendant deux heures. Ça passe sur la 7, et ensuite on peut l'avoir sur la 4. »

« C'est vrai », dit Moss. « Je sais. »

Un temps. Et puis dites : « Hier soir, j'ai laissé sortir la chatte. J'ai fini par le faire. »

Moss vous regarde et vous sourit.

Souriez-lui en retour, et haussez les épaules, comme si le monde était une comédie que vous commencez seulement à apprécier. Moss esquisse le geste de poser la main sur votre épaule, et puis il se retient. « Je te félicite, Trudy », murmure-t-il.

« Mais elle n'est pas encore rentrée. Je ne l'ai pas revue depuis hier soir. »

« Elle reviendra », dit Moss. « Ça ne fait encore que vingt-quatre heures. »

« Oui mais ça fait quand même toute une journée. Peut-être que je devrais mettre des petites annonces. »

« Ça fait seulement vingt-quatre heures. Elle reviendra, tu vas voir. »

Écartez-vous un peu. Dehors, il tombe quelque chose qui ressemble à de la neige. Repensez au magazine de télévision que vous venez de regarder. Dites d'une voix unie : « Tu sais, il y a des gens très bien informés qui disent qu'il n'y a pas moyen d'éviter une guerre nucléaire, c'est absolument certain qu'on en aura une, ça n'est qu'une question de temps. Et quand ça arrivera, ça détruira tous nos systèmes de communications, ça fera fondre toutes les puces électroniques… »

« Trudy, je t'en prie. » Il veut que vous arrêtiez. Il reconnaît cette tension dans votre voix, la même que celle des journalistes de la télévision. Le monde court à sa perte, et votre langue fourche.

« Et alors si tu vas vivre ailleurs, dans un studio

Dieu sait où, comment est-ce que je pourrai te joindre, moi ? Je serai là toute seule, dans mes pantoufles roses à pompons, toute la planète explosera autour de moi, et je ne pourrai même pas te parler, te dire… » En classe, quand vous étiez petite, on vous avait appris les premiers mots qui aient jamais été dits au téléphone : « Venez, Monsieur Watson, j'ai besoin de vous. » Et tout d'un coup, à le regarder, à regarder ses joues fermes comme des poings, et sa crinière de chaume, ça vous frappe de plein fouet comme quand vous étiez petite : un jour, comme tout le monde, cet homme que vous aimez entre tous mourra. Vous aurez beau l'aimer autant que vous voudrez, vous ne pourrez pas le sauver. On a beau aimer autant qu'on veut : rien ne dure, ni personne.

« Moss, nous sommes en danger. »

Alors, bien qu'il n'y ait aucune secousse dans les murs, et que le sol ne se mette pas à tanguer, voilà que, sur le tapis usé comme la peur, des chaussures s'avancent, et Moss semble décoller, il vient vers vous en planant, ses traits se mettent à glisser en diagonale, la petite jointure du dos se libère, lui permettant de se pencher. Ses bras se tendent vers vous pour vous coller contre sa poitrine. Vous sentez les boutons de sa chemise qui vous rentrent dedans, et son menton vient se ficher dans votre cou. Quand il sera mort, le monde sera aussi désert que la planète Mars.

« Ne t'en fais pas, va », murmure-t-il, et vous sentez ses lèvres qui remuent contre vos cheveux. Les contours des objets deviennent flous, comme quand on ment, mais sans conviction. « Ne t'en fais pas », dit Moss.

Comment devenir écrivain

Essayez d'abord de devenir autre chose, n'importe quoi d'autre. Astronaute/vedette de cinéma. Missionnaire/vedette de cinéma. Jardinière d'enfants/vedette de cinéma. Chef suprême de la planète Terre. Échouez lamentablement. Le mieux, c'est d'échouer le plus jeune possible – mettons quatorze ans. Il est indispensable de connaître de bonne heure des déceptions majeures, c'est ce qui vous permettra d'écrire à quinze ans de longues séries de poèmes en forme de haïku sur le thème du désir contrarié. C'est un lac, un pétale de cerisier, le vent qui frôle l'aile du moineau partant pour la montagne. Comptez les syllabes. Montrez ce que vous avez écrit à votre mère. C'est une femme solide, à l'esprit pratique. Elle a un fils au Vietnam et un mari qui la trompe sans doute. C'est quelqu'un qui pense qu'il faut porter des vêtements marron parce que c'est une couleur qui dissimule les taches. Elle jettera un bref coup d'œil à ce que vous lui montrez, puis elle reportera son regard sur vous, le visage aussi inexpressif qu'une pomme. Elle vous dira : « Tu pourrais peut-être vider le lave-vaisselle ? » Fuyez son regard. Fourrez les fourchettes dans le tiroir à fourchettes. Cassez sans le faire exprès un des verres donnés en prime par la station-service. Tout cela fait partie des souffrances et des épreuves requises. Et ce n'est qu'un début.

Pendant vos cours de grammaire, fixez le visage de votre professeur, monsieur Killian. Venez-en à la conclusion que les visages ont une extrême importance. Composez une villanelle sur le thème des pores de la peau. Dur dur. Composez un sonnet. Comptez les syllabes : neuf, dix, onze, treize. Décidez de faire une incursion du côté de la fiction. Là au moins, pas besoin de compter les syllabes. Écrivez une nouvelle à propos d'un homme et d'une femme qui, sur leurs vieux jours, se tirent chacun une balle dans la tête, enfin dans la tête de l'autre, suite à la défaillance inexpliquée d'un fusil de chasse qui a soudain fait, pour des raisons tout aussi inexpliquées, son apparition dans leur living-room. Remettez cela à monsieur Killian comme travail de fin de trimestre. Il vous le rend avec le commentaire : « Vous avez trouvé quelques images fort bien venues, mais vous ne savez pas mener une intrigue. » Une fois rentrée chez vous, dans l'intimité de votre chambre, gribouillez au crayon au-dessous de ses annotations à l'encre noire : « Les intrigues, je laisse ça aux politicards, peau de fesses. »

Faites du baby-sitting chaque fois que l'occasion se présente. Vous êtes formidable avec les gosses, ils vous adorent. Vous leur racontez des histoires de vieillards qui meurent dans des accidents stupides.

Vous leur chantez des chansons de prison, d'exil, d'échafaud, ils sont ravis. Et une fois qu'ils sont en pyjama et qu'ils ont cessé de se chamailler, une fois qu'ils sont bien endormis, lisez tous les guides de la vie sexuelle que vous pouvez trouver dans la maison en vous demandant comment il est Dieu possible de faire des choses pareilles avec une personne qu'on aime. Endormez-vous dans un fauteuil en lisant le *Playboy* de monsieur McMurphy. Quand les McMurphy rentrent, ils vous tapotent l'épaule, ils regardent le magazine que vous avez sur les genoux et échangent un regard amusé. Vous mourez de honte. Ils vous demandent si Tracey a bien pris son médicament, exliquez que oui, que vous lui avez promis de lui raconter une histoire si elle se conduisait comme une grande fille, et que ça a très bien marché. « Formidable ! » s'exclament-ils.

Arborez un sourire de fierté.

Inscrivez-vous à l'université et choisissez comme dominante la psychologie pour enfants.

Même si la psychologie pour enfants est votre matière principale, vous devez aussi choisir des matières optionnelles. Vous avez toujours aimé les oiseaux. Inscrivez-vous à un cours qui s'intitule « Recherches sur le terrain en ornithologie ». Le cours a lieu le mardi et le jeudi à deux heures. Le jour du premier cours, quand vous arrivez en salle 134, tout le monde est déjà assis autour d'une table, et la discussion porte sur la métaphore. Au bout d'un moment qui vous paraît une éternité, levez la main et demandez timidement : « Excusez-moi, ça n'est pas le cours de première année sur les oiseaux ? » Silence, tout le monde se retourne vers vous et vous fixe. On dirait un seul visage géant, inexpressif, comme une horloge sans aiguilles. Un barbu à la voix de stentor vous répond : « Non, c'est l'atelier de création littéraire. » Répondez « Ah bon, d'accord », comme si vous le saviez depuis le début. Regardez votre emploi du temps. Demandez-vous comment vous avez bien pu atterrir là. C'est l'ordinateur qui a dû cafouiller. Vous vous levez pour partir, et puis vous vous ravisez. Pour s'inscrire à un cours, il faut faire la queue des heures. Peut-être que le mieux après tout serait de rester là. Peut-être que vous avez un certain talent, qui sait ? Peut-être que c'est la main du destin. Peut-être que c'est cela que votre père voulait dire quand il disait : « Nous entrons dans l'ère de l'ordinateur, Francie, dans l'ère de l'ordinateur. »

Vous vous faites à votre vie d'étudiante. À la résidence universitaire, vous faites connaissance avec des gens sympathiques. Il y en a qui sont plus brillants que vous. Mais il y en a aussi qui sont bien moins forts. Malheureusement, tout le reste de votre vie, vous continuerez à classer l'humanité selon ce type de catégories.

Le travail à réaliser cette semaine pour l'atelier de création littéraire consiste à raconter une scène de violence. Rendez une histoire où vous êtes en voiture avec votre oncle Gordon, et une autre où deux vieilles personnes s'électrocutent par accident en voulant allumer une lampe dont le fil était défectueux. Le prof vous les rend accompagnées du commentaire : « Vous écrivez dans un style qui ne manque ni d'aisance ni d'énergie. Mais votre sens de l'intrigue frise le grotesque. » Écrivez une autre histoire où il s'agit cette fois d'un homme et d'une femme qui, dès le premier paragraphe, ont toute une partie du torse arrachée par une explosion. Au deuxième paragraphe, avec l'argent de l'assurance ils s'achètent un stand de yaourts glacés. Il y a six autres paragraphes. Vous lisez ça tout haut au groupe. Ça ne plaît à personne. On vous dit que votre sens de l'intrigue est nul et passablement scabreux. Après le cours, quelqu'un vous demande si vous n'êtes pas un peu timbrée, par hasard.

Dites-vous que mieux vaudrait peut-être vous en tenir à la comédie. Sortez avec un garçon qui est drôle, qui possède ce que vous appeliez jadis « un sens de l'humour formidable » et ce qu'on appelle maintenant, dans votre atelier de création littéraire, « la haine de soi comme source de comique ». Notez toutes ses plaisanteries, toutes ses histoires drôles, mais sans jamais le lui dire. Faites des anagrammes à partir du nom de son ancienne petite amie, et donnez ces noms à vos personnages les plus marginaux. Dites-lui que son ancienne petite amie apparaît dans chacune de vos nouvelles, et constatez à cette occasion comme il sait être drôle, et quel formidable sens de l'humour il sait montrer.

Votre conseiller pédagogique vous fait remarquer que vous négligez votre dominante. Ce à quoi vous consacrez la majeure partie de votre temps, c'est cela qui doit être votre dominante. Dites que oui, bien sûr, vous comprenez.

Pendant les deux années qui suivent, dans les séminaires de création littéraire, tout le monde continue à fumer des cigarettes et à poser les mêmes questions : « Mais est-ce que ça se tient ? » « Est-ce que quelque chose nous pousse à nous intéresser à ce personnage ? » « Est-ce que ce cliché a une raison d'être ? » Telles sont, dirait-on, les questions vitales.

Les jours où c'est à vous de montrer ce que vous avez fait, vous guettez l'approbation des autres étudiants, cependant qu'ils parcourent vos pages photocopiées à la recherche d'une intrigue qui se tienne. Ensuite ils posent les yeux sur vous, tirent une grande bouffée de leur cigarette, et puis ils vous adressent un sourire plein d'indulgence.

Vous passez des heures à traîner, découragée. Votre petit ami vous conseille de faire du vélo. Votre camarade de chambre vous conseille de changer de petit ami. On dit de vous que vous vous autodétruisez, on constate que vous perdez du poids. Vous continuez à écrire quand même. Votre seul bonheur, c'est d'écrire au milieu de la nuit, les aisselles moites, le cœur battant, des choses, des choses inouïes, des choses que personne n'a encore jamais vues. Vous connaissez de brefs, trop brefs instants d'euphorie où une certitude vous saisit : vous êtes un génie. Comprenez qu'il vous reste une seule chose à faire : changer de dominante. Les gosses du jardin d'enfants seront déçus, mais vous obéissez à une vocation, à une pulsion, à une illusion, à une mauvaise habitude. Ça n'est pas des fréquentations, dirait votre mère.

Pourquoi écrire ? D'où vient ce qu'on écrit ? Voilà de bonnes questions à vous poser. C'est du même genre que : D'où provient la poussière ? Ou bien : Pourquoi y a-t-il des guerres ? Ou encore : S'il y a un Dieu, pourquoi mon frère est-il infirme ? Ce sont des questions que vous rangez dans votre portefeuille comme des cartes de visite. Ce genre de questions, dit votre prof, vous pouvez les aborder dans votre journal intime, mais, dans votre œuvre proprement littéraire, il vaut mieux les laisser de côté.

Ce semestre, le professeur met l'accent sur *le pouvoir de l'imagination*. Pas question de lui remettre de longues descriptions de la randonnée que vous avez faite en juillet dernier. Il veut que vous partiez d'un contexte réaliste, mais pour le trans-for-mer. Il faut recomposer l'ADN, en somme. Il veut que vous larguiez les amarres, que votre imagination se laisse engrosser par le vent du large (C'est Shakespeare qui a dit ça).

Racontez à votre camarade de chambre votre grande idée, votre grand projet où s'affirmera le pouvoir de votre imagination. Il s'agit de transposer Melville dans le contexte de la vie contemporaine.

Ça se passera à Rochester, N.Y., dans le milieu des assurances-vie, et le thème sera le fait que les gros poissons mangent les petits. Ça commencera par « Appelez-moi Pisse-mal », et il s'agira d'un mari genre beauf qui s'appelle Richard et qui connaît les troubles de la ménopause. Comme il est tout le temps déprimé, sa femme Elaine, qui est très spirituelle, l'appelle « Mopey Dick » : « Dick le Cafardeux ». Dites à votre copine : « Mopey Dick/ Moby Dick, tu saisis ? » Elle en reste comme deux ronds de flan. Elle s'approche de vous et, comme un jules, elle vous passe un bras autour des épaules. « Écoute-moi, Francie », dit-elle en articulant comme une orthophoniste. « On va sortir et s'offrir une bonne bière, d'accord ? »

L'histoire ne plaît pas non plus aux étudiants du séminaire. Ils ont l'air désolés pour vous. Ils vous disent : « Tu dois te concentrer sur ce-qui-se-passe. Où est l'histoire dans tout ça ? »

Au semestre suivant, le prof a une obsession : *l'expérience personnelle*. Il faut écrire à partir de ce qu'on connaît, de ce qu'on a vécu soi-même. Il veut des morts, il veut des randonnées. Demandez-vous ce que vous avez vécu vous-même. En trois ans, il y a eu trois événements : vous avez perdu votre virginité ; vos parents ont divorcé ; et votre frère est rentré d'une forêt à dix kilomètres de la frontière cambodgienne avec la moitié d'une cuisse en moins et un petit sourire supérieur qui lui tord la bouche en permanence.

À propos du premier événement, vous écrivez : « Cela a créé en moi un nouvel espace douloureux, une voix qui n'était pas la mienne et qui criait "je ne suis plus la même, mais je m'en sortirai". »

À propos du deuxième, vous écrivez une histoire compliquée où un couple de petits vieux tombent sur une mine cachée au beau milieu de leur cuisine et sautent accidentellement sur cette mine. Vous intitulez cette histoire : « À la vie à la mortadelle. »

À propos du troisième, vous n'écrivez rien. Il n'y a pas de mots pour dire cela. Votre machine à écrire bourdonne à vos oreilles. Les mots ne vous viennent pas.

Dans les soirées pour étudiants, les gens vous disent : « Oh, vous écrivez ? Et sur quoi écrivez-vous ? » Votre copine, qui a bu trop de vin et qui n'a presque rien mangé (du fromage, mais pas de crackers) lance, étourdie : « Je peux vous le dire, moi, elle passe son temps à écrire sur son imbécile de petit ami. »

Plus tard, bien plus tard, vous apprendrez que les écrivains ne sont que des textes ouverts, aveugles, qu'ils ne comprennent pas eux-mêmes ce qu'ils ont écrit, et qu'ils en sont réduits à croire tout ce qu'on peut dire sur eux. Mais vous n'en êtes pas là. Vous vous raidissez et vous dites : « C'est pas vrai. » Exactement comme quand vous étiez petite et qu'une camarade de classe avait dit qu'en fait vous étiez ravie de prendre des leçons de hautbois, même si vous racontiez que c'était vos parents qui vous obligeaient.

Expliquez que ce qui vous intéresse, ce n'est pas tel ou tel sujet, mais plutôt la musique du langage, ce sont les syllabes, parce que les syllabes sont les atomes de la poésie, les cellules de l'esprit, le souffle de l'âme. Commencez à vous sentir un peu paf. Plongez le nez dans votre verre en plastique.

« Les syllabes ? » dit quelqu'un d'un air rêveur, et sa voix s'éloigne. Et les gens à qui vous parliez partent retrouver la blancheur rassurante du buffet.

Commencez à vous demander sur quoi, en fait, vous écrivez. Et si vous avez quelque chose à dire. Et si ça veut dire quelque chose, *avoir quelque chose à dire*. Posez-vous ces questions dix minutes par jour, grand maximum. Comme les exercices abdominaux, ça pourrait vous faire maigrir.

Vous lirez quelque part que le fait d'écrire n'est pas sans rapport avec les organes génitaux. N'y pensez pas trop. Ça risquerait de vous perturber.

Votre mère viendra vous rendre visite. Elle remarquera que vous avez des cernes sous les yeux. Elle vous apportera un livre à couverture marron sur laquelle on voit un attaché-case du même marron. Le titre : *Comment devenir cadre supérieur*. Elle a aussi l'encyclopédie *Comment appeler votre enfant* que vous lui aviez demandée parce qu'un de vos personnages, un vieux clown professeur dans une école de clowns, doit se trouver un nouveau nom. Votre mère secoue la tête et dit : « Francie, Francie, as-tu oublié qu'au départ tu voulais devenir psychologue pour enfants ? »

Répondez-lui : « Maman, j'aime écrire. »

Elle dira : « Mais oui, bien sûr. Naturellement tu aimes écrire, mais oui, bien sûr. »

Écrivez une histoire sur un jeune musicien qui déraille plus ou moins et intitulez-la : « Schubert, c'est bien celui qui portait des lunettes ? » Ça n'a pas un gros succès, mais votre copine aime bien l'épisode où deux violonistes explosent accidentellement en plein milieu de leur récital. « À un moment, je sortais avec un violoniste », dit-elle en faisant claquer son chewing-gum.

Grâce au ciel vous suivez d'autres cours. Vous trouvez refuge dans les subtilités ontologiques du XIXe siècle et dans les rituels amoureux des invertébrés. Certains mollusques font ce qu'on appelle l'amour par le bras. Ainsi chez la pieuvre, le mâle perd l'extrémité d'un bras (sur les huit qu'il a) quand il le plonge dans le corps de la femelle au moment des rapports sexuels. Les spécialistes de la vie marine appellent cela « le septième ciel ». Réjouissez-vous de savoir ce genre de choses. Réjouissez-vous de n'être pas *seulement* écrivain. Inscrivez-vous en fac de droit.

À partir de là, toute une série de choses peuvent se passer. Mais la principale sera celle-ci : vous décidez de ne pas faire votre droit en fin de compte, et vous passez ensuite une bonne partie de votre vie à raconter aux gens comment et pourquoi vous avez décidé de ne pas faire votre droit en fin de compte. Quoi qu'il en soit, vous vous remettez à écrire.

Peut-être en reprenant vos études. Peut-être en faisant des petits boulots et en suivant les cours du soir. Peut-être que vous travaillez à un roman en notant soigneusement toutes les remarques intéressantes ou les confidences personnelles que vous avez entendues dans la journée. Peut-être que vous perdez peu à peu vos amis et connaissances, et aussi votre équilibre mental.

Vous avez rompu avec votre petit ami. Vous sortez maintenant avec des types qui, au lieu de murmurer « je t'aime » crient à pleins poumons « vas-y, fais-moi jouir ». C'est bon pour votre métier d'écrivain.

Vous vous retrouvez un jour ou l'autre avec un manuscrit plus ou moins achevé. Les gens le regardent avec une espèce de gêne et vous disent : « Je parie que devenir écrivain a toujours été un de vos fantasmes, non ? » Répondez que vous voyez mal comment, parmi tous les fantasmes possibles, le métier d'écrivain pourrait trouver sa place. Dites-leur que vous vouliez être psychologue pour enfants. Immanquablement ils soupirent : « Vous seriez formidable avec les gosses, je parie. » Prenez l'œil mauvais et dites-leur que vous êtes la férocité même.

Laissez tomber les cours. Laissez tomber les petits boulots. Touchez de vieux bons du Trésor que vous aviez. Maintenant, vous avez du temps à ne savoir qu'en faire. Recopiez avec soin toutes les adresses de vos amis dans un nouveau carnet.

Passez l'aspirateur. Sucez des pastilles pour la toux. Ayez un dossier bourré de notations éparses :

Une paupière qui s'assombrit par les côtés.
Le monde comme complot.
Idée d'intrigue : une femme monte dans un autobus.
Vous lancez les invitations pour une grande histoire d'amour et tout le monde se défile.

Chez vous, buvez énormément de café. Au Howard Johnson's, prenez du céleri rémoulade. Observez que ça ressemble au vermicelle du réseau routier sur les cartes : d'où vous venez, où vous allez. Vous êtes ici, dit l'étoile rouge au dos du menu.

Parfois, un type avec qui vous sortez vous demande, le visage dénué de toute expression, s'il est vrai que parfois les écrivains perdent courage. Répondez-lui que parfois oui, et parfois oui. Dites-lui que c'est un peu comme d'avoir la polio.

« Intéressant », sourit le type, et là-dessus il baisse les yeux sur les poils de ses bras et se met à se les lisser soigneusement, soigneusement, toujours dans le sens du poil.

Le creux, Phil

L'appétit fait table rase de toute dignité. Il n'y a qu'à voir, devant un *salad bar*, le regard hagard, pathétique, des gens qui se demandent ce qu'ils vont prendre, des gens qui se bousculent pour le grand banquet, moi comme les autres. J'ai passé mon enfance à dévorer les catalogues de Ward's, oh ces jouets qu'ils avaient, et ces ensembles d'une merveilleuse, merveilleuse couleur turquoise ! Dans les restaurants, je bavais d'envie devant les grosses olives noires, et devant les assaisonnements compliqués avec plein de trucs qui nageaient dedans. Je salivais comme un crapaud devant les machines à bubble-gum. Et maintenant, à trente-cinq ans, voilà que j'ai volé de l'argent, sans autre motif que ce désir lancinant, ce désir qui n'a pas de nom. Une espèce d'éruption pustuleuse m'est sortie de la bouche, rouge et luisante, cela donne à ma figure un aspect vaguement génital, indécent. Depuis quelque temps, j'ai aussi un tic à l'œil, une espèce de battement au coin de la paupière, comme quelque chose qui chercherait à s'échapper.

Ma mère a réussi à se persuader qu'elle était malade, mentalement et physiquement, alors elle s'est fait hospitaliser à l'hôpital Sainte-Véronique, où les docteurs ne savent pas quoi faire d'elle. Avec mon argent volé, je lui achète des trucs et je m'achète des trucs. Dans les magasins, et même devant les bonnes sœurs, à ma grande honte je me retrouve agitée d'une espèce de rythme syncopé, animal comme la faim.

Dans les corridors frais, artériels, de Sainte-Véronique, les portes battantes s'ouvrent et se referment comme des valves. Je suis plutôt grande, les cheveux filasse, et trop grosse. En plus, j'ai une éruption sur la figure, j'espère que ça empêchera les bonnes sœurs de me sauter dessus, elles me font toujours un peu peur. Par respect pour elles, j'ai mis un soutien-gorge, et je n'ai pas mis de mascara.

En passant devant Sœur Mary Marianne à la réception, je lui fais un signe de tête et je lui souris, et tout de suite après je sens mes traits se crisper en une grimace. La puanteur est encore pire qu'hier, un âcre mélange d'éther et de melon pourri. Ma pauvre mère, comment peux-tu supporter de rester ici ?

J'ai la ferme intention de la sortir de là. Je lui apporte un livre sur la cuisine chinoise et un wok, mes deux cadeaux sont enveloppés dans du papier orange, et je les transporte dans un immense carton que je tiens dans les bras. Hier, je lui ai apporté une robe du soir violette. Tu as la vie devant toi, lui ai-je dit en tenant la robe étalée devant moi et en dansant avec. Ma mère m'a regardée d'un air acerbe, sans broncher, tout en mâchant son chewing-gum.

Aujourd'hui, me voilà repartie vers les portes qui battent, qui battent. Arrêtez ce manège. C'est ce que vont dire les détectives privés du magasin, mon Dieu il faut vraiment que j'arrête. Excusez-moi, dis-je à toute une escouade d'infirmes verdâtres qui se déplacent en petite voiture, avec leur goutte-à-goutte. Excusez-moi, oh pardon ! Dans l'ascenseur je suis maladroite, avec mon gros paquet. Il y a des bonnes sœurs partout. Je ne suis pas catholique, mais l'église baptiste de mon enfance, j'en ai eu ma claque.

Ma mère se redresse sans sourire. Qu'est-ce que c'est que ce truc ? dit-elle. Elle s'arrête de faire ce qu'elle faisait, découper des bons de réduction dans le *National Inquirer*. C'est bon signe, elle n'a pas perdu le sens pratique.

Comment te sens-tu aujourd'hui ? Je dépose le wok près du lit. Mon œil recommence à faire des siennes.

Qu'est-ce que c'est encore que ça ? répète-t-elle. Encore un cadeau ?

Maman, je voulais juste que tu voies…

Je ne peux pas garder tous ces trucs ici, Riva, interrompt-elle sèchement. Comment veux-tu que je garde tout ça ?

Eh bien ramène-le à la maison. Voyons, ça n'a aucun sens de rester ici. Les docteurs sont tous d'accord là-dessus. C'est à toi de prendre la décision.

Elle détourne les yeux, et puis, avec ses ciseaux, elle retaille ses bons de réduction plus près du pointillé. Des petits morceaux de journal découpé tombent sur ses draps. Elle ne dit rien.

Écoute, dis-je, si tu ne veux pas rentrer dans ton appartement, tu peux venir habiter avec Tom et moi quelques semaines. Je m'arrête.

Elle s'arrête de découper, me lance un regard noir, et décoche : C'est qui, ce Tom, d'abord ?

Tom, qui est mon mari depuis six ans, fait souvent les frais de ces crises de sénilité feinte. Maman, dis-je calmement, il y a six ans que Tom est mon mari, et tu le sais parfaitement. Je voudrais que tu cesses de faire ce cinéma.

Là-dessus elle devient plus hystérique que jamais, elle brandit ses ciseaux en l'air et clic clac, elle cisaille l'air avec détermination.

Ça ne sert à rien de rester ici, dis-je en reniflant, plus tellement sûre, tout d'un coup. En plus, ça pue.

Les ciseaux s'immobilisent en plein geste.

Riva, ça n'est pas des façons de parler d'un excellent hôpital catholique. Elle détourne à nouveau le regard, courroucée. Ouh, je *déteste* ces simagrées.

Qu'est donc devenu ce Philip quelque chose que tu voyais tout le temps à une époque ? On espérait bien, soupire-t-elle, que tu finirais par te fixer avec lui. Le jeudi, tu nous aurais invités à venir manger de la fondue chez vous, il était vraiment gentil, ce garçon.

Ah non, ça ne va pas recommencer. Non et non. J'attrape mon sac et je me dirige vers la porte. Quand est-ce que ma mère a commencé à dérailler comme ça ?

Il y a une excellente recette de pois chinois à l'ail, là-dedans, dis-je. Tu devrais jeter un œil. Une rousse aux dents en argent qui partage la chambre avec ma mère ouvre brusquement le rideau qui isole son lit, elle me fait un large sourire et m'envoie un baiser d'adieu. Gaga. Ils sont tous gaga là-dedans. Ma mère continue à crier : Enfin merde, c'est qui ce Tom, tu vas me le dire ? Deux bonnes sœurs arrivent, c'est toujours par deux, les bonnes sœurs, pour la calmer.

Je suis en voiture, pour rentrer chez moi, et je pense à toi, Phil. Lointain, invisible, même ma mère me parle de toi. Il y a aussi cette espèce de douleur que je ressens chaque fois que je pense à toi. Tu es l'ensemble de toutes ces pensées qui jaillissent d'un peu partout. Le mot français « assiette » veut aussi dire état d'esprit, tu m'avais écrit ça sur une carte postale que tu m'avais envoyée de Provence. Je l'ai dans un carton quelque part. Ô Riva, tu es une femme toute de caprice et de désir, disais-tu de moi, un être expansif. On dirait que tu vis en obéissant à l'appel d'élancements qui partent de tes hanches.

J'ai volé de l'argent. J'ai volé de l'argent dans le grand magasin Leigenbaum's où je travaille comme chef du rayon des Écharpes et Sacs à main. Je fais ça avec les retours des clientes. Le recensement des marchandises en stock est toujours assez confus, alors je peux sortir un remboursement pour un sac ou une écharpe et doubler la somme, il y a des reçus perforés pour les deux, comme ça je peux empocher le montant du remboursement tout en remboursant la cliente. L'actif et le passif s'équilibrent, le compte est bon. Je reste souvent tard le soir pour ces opérations. En une semaine je peux me faire entre deux cents et quatre cents dollars, suivant le nombre de retours, suivant les appels en provenance de mes hanches. Ça fait maintenant trois semaines que ça dure. Depuis Mardi-Gras. Personne n'est au courant. Je deviens insatiable. J'achète des trucs.

Tom est dans les assurances. Il aime bien se garantir lui aussi. Nous sommes couverts par des tas, des tas d'assurances. J'ai trois assurances-vie et deux assurances pour la voiture. Lui a quatre assurances-vie, deux assurances automobile, deux pour incendie et vol, trois pour l'hôpital et les accidents, et deux pour les mutilations de membres et/ou d'organes. Un œil égale quatre doigts de la main droite, dit le contrat. On a aussi un papier qui comporte une clause pour les diamants et les fourrures. On peut dormir tranquilles. Sauf quand il pleut, ou qu'on s'est disputés, ou que Jeffrey est malade : dans ces cas-là, on tangue comme des canots pneumatiques.

Pourquoi est-ce que Tom me regarde d'un drôle d'air ce soir, est-ce qu'il se doute de quelque chose ?

Il dit : Ta journée s'est bien passée ?

Je dis : Oui. Et toi ?

Il dit : Oui. Baker arrive demain de Pittsburgh pour discuter de la prochaine réunion de secteur.

Je dis : Ah, c'est bien. Tu lui as dit de venir dîner ?

Il dit : Non, il doit repartir le soir même. On mangera un morceau à Center City.

Je dis : D'accord.

Il dit : Qu'est-ce qui tracasse Jeffrey ? C'est la maternelle ?

Je dis : Je crois que c'est ses cours de danse. Rien de grave. Il a sans doute du mal à suivre, ou peut-être qu'il se sent un peu perdu.

Il dit : C'est le prof de danse qui t'a dit ça ?

Je dis : Non, c'est Jeffrey qui m'en a parlé. Sans raison j'ajoute : C'est un bon gosse, Jeffrey, il ne cache rien.

Il dit : Où est le problème ? Il a séché ses cours, ou quoi ?

Je dis : Écoute, il est un peu énervé parce qu'il n'arrive pas à se rappeler certains enchaînements. Je crois que ça n'est pas plus grave que ça.

Il dit : De toute manière, je ne vois pas pourquoi un gosse de son âge qui est encore à la maternelle doit prendre des cours de danse, c'est complètement idiot.

Et je dis : Parce que c'est-la-loi, figure-toi, un point c'est tout.

Là-dessus Tom me dit que je suis agressive et il ajoute que depuis plusieurs semaines je n'arrête pas de le rembarrer, et je réponds, écoute, c'est ton fils, et si tu ne commences pas dès maintenant à l'encourager dans ses activités artistiques, il se retrouvera sur le trottoir à buter les enjoliveurs et à chourer les prostituées. Là-dessus Tom esquisse un sourire et dit tu es sûre que ça n'est pas plutôt le contraire, et je dis, je te jure, Tom, des fois tu es vraiment à côté de la plaque, je ne sais pas, moi, tu n'as aucun sens de rien, tu passes à côté de tout ce qui est important dans la vie. Là-dessus il me regarde d'un air complètement abasourdi, et je me rends compte que c'est moi qui ne tourne pas rond, et tandis qu'il appelle, reviens, Riva, je t'en prie, je file là-haut jusqu'à la fenêtre de la chambre, et je me cache derrière les doubles-rideaux en rayonne que j'ai achetés pas plus tard que la semaine dernière avec l'argent, l'argent. Je respire leur odeur fraîche de tissu neuf, tout neuf, et je ne sais pas moi-même ce qui m'a pris, mais il doit bien y avoir une raison à tout ça, et cette espèce de fébrilité que je ressens, ce creux, ce vide, ça doit bien avoir un nom, mais allez donc savoir lequel. C'est qui ce Tom, d'abord ?

Un rêve. Un rêve, c'est comme une église, c'est frais et sombre avec plein de bois et de cuivre, et des vitraux épais comme des pots à confitures, c'est un lieu où venir se réfugier quand on arrive de dehors. La nuit où j'ai rêvé de toi, Phil, tu te tenais debout devant moi et tu t'es déshabillé puis tu t'es fondu en moi et tu as enfoui contre moi l'os parfait de ton menton, le O parfait de ta bouche. Tu fredonnais la musique du disque qui jouait du Brückner ou du Mahler, je ne sais plus, un nom qui me rappelait celui de la voie express du Bronx, et ton visage était au-dessous de moi, tout près, fermé, s'ouvrant un bref instant pour me sourire, à moi, moi immense et tremblante, et tu as murmuré : oh, toute cette ampleur !

On s'est aimés à la louche.

La femme de la boutique de produits diététiques est en train de perdre la boule, je crois. Chaque fois que je vais dans sa boutique, je la trouve là, prostrée sur son tabouret derrière la caisse, de plus en plus ahurie, de plus en plus triste. Elle me reconnaît de moins en moins. Aujourd'hui, je suis la seule cliente, et quand je lui dis, excusez-moi, je voudrais deux livres de boulgour, elle continue à fixer d'un œil vague les shampooings à la noix de coco. Elle reste là, jambes croisées, comme paralysée. Son dos fait une bosse sous son chandail rose dont elle se drape comme d'une cape autour des épaules. Elle finit par émettre un petit grognement, toujours sans lever les yeux.

Du boulgour ? dis-je doucement. Moulu gros ? Comme la semaine dernière ?

Ouais. Elle tire sur son chandail, puis elle exécute une espèce de bascule pelvienne qui fait pencher son tabouret en avant juste assez pour l'éjecter, et la voilà debout. Elle se traîne jusqu'au boulgour, attrape une pelle, un sac en papier, et à ce moment-là elle éclate en sanglots. Je ne sais pas quoi faire. J'attrape en vitesse trois shampooings à la noix de coco, histoire de faire fructifier un peu son commerce, et puis je m'approche d'elle, je lui passe le bras autour des épaules, et je lui raconte comment Tom, l'année dernière, a eu une liaison secrète à Scranton, et comment, en débarquant là-bas pour lui faire la surprise, j'ai découvert le pot aux roses. Alors je me suis soûlée à mort, et je me suis collé partout partout des timbres-poste pour qu'on me réexpédie chez moi. C'est une histoire qui fait toujours rire les gens quand je la raconte au rayon des Écharpes et Sacs à main. Elle sourit, elle se traîne jusqu'à sa caisse, et elle me fait payer quatre shampooings au lieu de trois, plus le boulgour.

Je retourne à ma voiture.

Un basset déambule sur le trottoir devant moi et pisse sur tout ce qu'il trouve.

Aujourd'hui j'emmène Jeffrey, alias Batman, voir ma mère. Bien qu'il n'ait pas l'âge requis pour entrer dans une chambre d'hôpital, il a gagné les bonnes grâces de Sœur Mary Marianne en lui demandant si elle était sa bonne fée, et elle, ravie, ment maintenant effrontément, elle raconte à tout le monde qu'il a une dispense, que tout est en règle, et qu'il peut entrer. Voilà les bonnes sœurs comme je les aime.

Ma mère pose au pied du lit la Cène en chocolat que j'ai payée vingt dollars, et elle tend joyeusement les bras vers Jeffrey. Viens voir Grand-mère, chantonne-t-elle.

'jour Grand-mère, dit-il, docile, et avec sa cape et son masque, il vient se mettre dans ses bras, cet amour d'enfant. Il y a plein de drôles de fées chez toi, Grand-mère, continue-t-il.

Ma mère remue les pieds sous les draps, et la Cène se casse la figure.

Alors mon petit Jeffrey, tu vas bien ?

Deux hochements de tête inexpressifs pour dire oui.

Ma mère me jette un regard qui signifie : Comment avez-vous fait, toi et ce Tom, pour avoir un enfant si mignon ?

Elle continue : Ça te plaît d'aller à la maternelle, mon petit Jeffrey ?

Jeffrey la regarde soudain avec une lueur d'intérêt, on voit derrière son masque ses yeux blancs et ronds comme des œufs pochés. Alors, de sa voix flûtée : D'y aller et de rentrer, d'y aller et de rentrer.

Jeffrey, raconte à ta grand-mère ce que c'est que ces drôles d'habits que tu portes.

Je suis Batman, dit Jeffrey.

Batman ! s'exclame ma mère, au comble de la joie.

Ouais. Il prend la posture de quelqu'un qui arme son fusil, il vise sa grand-mère et, d'un geste, il lui fait sauter la cervelle. Pan ! dit-il.

Elle est un peu secouée. Jeffrey, tu ne ferais pas une chose pareille, dit-elle nerveusement. Elle prend sa petite main pour la poser, doucement, gentiment, sur ses genoux. La main repart comme un élastique. Jeffrey inspecte, la mine grave, le visage de sa grand-mère, ce visage qui exhale une haleine fétide. Pan ! redit-il derrière son masque, le doigt replié, fermement appuyé sur la gâchette. Pan !

On aime une fois dans sa vie, t'avais-je dit. Même quand on a plusieurs amours, c'est toujours le même, toujours la même fois. Tu m'avais envoyé tes recettes – Gâteau Ezra Pound, Bœuf Mallarmé – et tu avais écrit : Quand tu manges un repas, est-ce que tu peux dire que les repas suivants seront le même repas, sous prétexte que c'est toujours un repas ? J'avais répondu : Ça peut arriver que ça soit le même repas.

À la cafétéria de l'hôpital, Jeffrey me demande s'il peut avoir une carabine à air comprimé. Il mange son sandwich au saucisson en l'attaquant par les quatre coins, et jette posément, systématiquement, la salade par terre.

Certainement pas, dis-je. Et enlève ton masque pendant que tu manges. Il obéit.

Qu'est-ce qui te prend, de vouloir une carabine à air comprimé ?

Chais pas, dit-il, et j'entends ses jambes qui se balancent sous la table, et ses tennis qui viennent cogner contre le pied métallique et qui font vibrer son dessert dans son assiette. Papa voudra bien, lui.

Ne crois pas ça. Allez c'est fini, on n'en parle plus.

Il rumine ça un petit bout de temps. Alors au moins je peux avoir de la glace ?

Non. Finis ton sandwich.

Est-ce que je peux… (qu'est-ce qu'il va aller chercher, cette fois ?)… emmener ça avec moi ? Il me montre une fourchette en plastique.

Seigneur ! Oui, d'accord.

Chic, dit-il.

Mardi, au magasin, je suis obligée d'engueuler Amahara. Elle s'est trompée sur toutes les étiquettes des pochettes du soir italiennes.

Pas la peine d'en faire tout un plat, gros derche, marmonne-t-elle à l'adresse de son épaule droite.

Encore une remarque comme ça, et je te flanque à la porte, Amahara.

Quoi, j'ai rien dit, moi, proteste-t-elle, l'œil vif et mauvais.

Attention à toi. J'ai la voix criarde, ça me démoralise d'entendre ça. Je retourne en rayon et je refais moi-même les étiquettes. C'est une tâche fastidieuse, ça prend cent ans. Les pochettes italiennes ont des fermoirs en cuivre, et je me vois dedans, floue et d'un doré verdâtre. Tout d'un coup je me trouve vraiment idiote d'être là à marquer une telle camelote.

Je pars de bonne heure, sans même me donner la peine de vérifier les retours de la journée, je passe chercher Batman à la maternelle, je rentre à la maison, et plus tard, une fois couchée, je demande à Tom s'il trouve que j'ai un gros derche. Il me répond que non.

Pendant que je travaille au magasin, Jeffrey est à la maternelle de monsieur Fernandez dans Spruce Street. C'est un ancien hippie que j'ai connu à l'époque où il faisait la manche devant le musée. C'était l'époque où moi j'essayais de tomber enceinte. Il a cru que j'étais Tricia Nixon, et il m'a interpellée avec brusquerie pour me réclamer vingt-cinq cents. Comme j'étais occupée à regarder un prospectus concernant *Les Grandes baigneuses* de Cézanne, je n'ai rien mis dans sa timbale, alors il s'est mis à m'insulter.

Pardon ? ai-je dit en m'arrêtant au milieu des marches pour le regarder. Après avoir regardé tout ces post-impressionnistes, j'étais un peu désorientée. En me regardant, d'un seul coup il a compris qu'il s'était trompé. Trop grande, a-t-il dit. Trop grande. Désolé, je vous ai prise pour Tricia Nixon. Alors il s'est levé et il est venu vers moi, ce brun à la démarche chaloupée, et il m'a dit avec un léger accent : Toutes mes excuses les plus sincères. Il m'a tendu sa main droite et je l'ai serrée, après m'être débarrassée de mon prospectus. On a un peu parlé, lui de la commode Chippendale exposée dans l'aile anglaise du musée, et moi de lui pour lui demander quel genre de vie il menait, et ce qu'il faisait là. Il s'est contenté de sourire tristement, ce qui était une explication comme une autre. Il m'a répondu que son rêve, ce serait d'élever ses enfants, et qu'il m'enviait d'être jeune encore et en début de grossesse.

Là-dessus je réponds : En début de grossesse ? Qu'est-ce qui vous fait dire ça ? (Ça m'arrive de me vexer quand on fait allusion à ma corpulence.)

Alors lui s'excuse encore un peu plus, il me dit que c'est comme ça, un sixième sens qu'il a, une espèce de don de divination, mais rien de maléfique, il sait reconnaître ces choses-là, voilà tout.

Et il avait raison puisque huit mois plus tard, Batman était là. Monsieur Fernandez, assagi, rasé de près, et qui avait hérité de dix mille dollars d'un cousin mort dans l'Ohio, ainsi que de mes conseils quant aux soins à apporter à ses mains, a organisé une grande soirée-cadeaux à l'occasion de cette naissance, et m'a lui-même donné une tirelire mexicaine en argile en forme de cheval. Au lieu de la casser comme on fait, je l'ai suspendue au mur dans la chambre de Jeffrey, symbole d'espoir, d'âpreté au gain et de coexistence pacifique, et elle n'en a pas bougé depuis. Quant à monsieur Fernandez, il a ouvert une école maternelle privée dans Spruce Street, et il l'a appelée La Tirelire mexicaine. Je suis la seule à connaître son passé sur les marches du musée (même Tom n'est pas au courant), j'ai promis de ne jamais en dire un mot, il m'en est très reconnaissant et me serre souvent affectueusement dans ses bras pour me le prouver. Nous sommes devenus très amis, et il sait formidablement bien s'y prendre avec les enfants.

Amahara et moi on a pris un verre ensemble à l'heure du déjeuner. On est plus ou moins réconciliées, on se reparle. On est allées au restaurant du personnel, et elle m'a parlé d'un type avec qui elle est sortie ce week-end.

Il ne s'intéresse pas à ce qui se passe à l'intérieur de moi, se plaint Amahara. Je veux un type qui s'intéresse à mon cœur, vous comprenez ? Je veux un type qui soit à la recherche de mon cœur.

Tu sais, quand il te pelote les seins, dis-je à Amahara en battant des cils, eh bien c'est ton cœur qu'il cherche. Ils font tous ça.

Mon Dieu, c'est moi, ce vieux chameau ?

Amahara fait un petit sourire. Son truc à lui, c'est l'orange.

Comment ça, l'orange ?

Eh ben oui, c'est vraiment son truc, quoi. Elle prend l'air mystérieux.

La *couleur* orange ?

Oui, c'est vraiment son truc.

Qu'est-ce que tu veux dire ? Sa voiture ? Ses cheveux ? Tes cheveux ?

Sa vie, dit-elle avec emphase. C'est son truc.

Et je répète bêtement : son truc, comme si j'essayais de comprendre. Je croyais qu'on se reparlait, mais ça veut dire quoi, se parler ? Dans ces conditions, de qui est-ce que je peux vraiment dire « On se parle » ?

C'est moi qui débarque d'une autre planète, ou c'est elle ?

Je ne peux pas croire, dis-je avec fermeté, en espérant que ça passera, qu'on puisse être à ce point-là dans son truc.

Tu parles que si, dit Amahara.

Je ramasse l'addition. Amahara cherche son porte-monnaie. Mais je lui dis : Non laisse, c'est mon truc.

Ton truc à toi c'était l'intuition. L'intuition, disais-tu en soufflant la bougie, est la vie secrète de la cellule adipeuse. Et tu t'enfouissais dans mes replis, et tes questions se fondaient en un murmure.

Je suis terriblement déprimée. Comme l'année dernière. Il y a tout juste un mois j'allais mieux, j'arborais une sorte de désenchantement sans phrases, une tristesse élégante comme un gilet noir. Des pointes d'ironie sortaient de ma bouche, longues et fines comme des cuisses de grenouille. Maintenant, le noir de la nuit dort et s'éveille en moi, chaque jour, comme un tigre du Bengale au zoo de Philadelphie.

Dans ma petite maison blanche, je me traîne. Je regarde ce qui m'entoure. Tous ces objets que je possède, toutes ces choses nouvelles sont comme autant de petites dents, des indices de mort, et ma maison est un monument commémoratif. Plus personne ne parle de cimetières aujourd'hui, même les pierres tombales s'appellent des monuments funéraires, eh bien ces choses que j'accumule sont des monuments. Je regarde mes robinets en or, mes fauteuils tout neufs, mon appareil à pop-corn, mon immense présentoir à épices et fines herbes (le thym s'en va, le thym s'en va, madame), et je me demande comment tout ça a atterri chez moi, comment j'en suis arrivée à un tel point de saturation. Tout d'un coup, c'est trop, ça hurle dans ma tête, et je jette à la poubelle, frénétiquement, les gadgets, les boucles d'oreilles, les verres à pied. Et puis, tout aussitôt saisie d'une panique qui me siffle et me cogne dans les oreilles, je ramasse chacun des objets un par un, à toute allure, je les lave, je les remets à leur place, bien rangés, bien protégés par des vitres. Je regarde la télé, je respire enfin, je regarde la télé.

Mon éruption sur la figure va de mal en pis, et mon tic à l'œil, c'est pareil, mais Tom, apparemment, ne remarque rien. Toutefois on dirait que ma question concernant mon gros derche l'a un peu enhardi, car quand nous sommes tous les deux couchés côte à côte, il suggère gentiment, avec une infinie délicatesse, que je pourrais peut-être perdre un peu (écoute Riva, ça ne serait pas la mer à boire, tu pourrais perdre un peu…) de poids.

Il doit encore aller à Scranton en voyage d'affaires jeudi, me dit-il. Il ne rentrera que dans la soirée de samedi.

Scranton. L'histoire se balance devant mes yeux, comme un mobile terrifiant. J'ai les bras paralysés. Mon front éclate et s'ouvre large comme une porte de garage. Non, ça n'est pas possible, tu plaisantes, dis-je dans un souffle.

Mais non, pourquoi ? murmure-t-il. Ça n'a rien de dramatique.

Tom, pas de ça, je t'en prie. Ces clichés éculés qui s'échangent dans les couples. C'est comme un ver solitaire qui se serait insinué à l'intérieur de nous. On met un morceau de sucre sur la langue, on éclaire l'anus avec une torche électrique, et le voilà, intrigué, qui sort sa petite tête blanche. Ça nous bouffe, Tom, nous sommes en train de nous laisser bouffer.

Il émet un grognement, lisse son pyjama informe, ferme ses beaux yeux. Il dit qu'il ne comprend pas pourquoi c'est toujours le soir que je me mets à divaguer complètement.

Je me mets à divaguer complètement.

Je vole de plus en plus d'argent. Je le planque dans mon tiroir du haut, sous mon linge de corps, avec mon diaphragme, mon rouge à lèvres et mon couteau à cran d'arrêt – tout ce dont une femme a besoin.

Tu es l'homme qui m'enlève mes épingles à cheveux, et je sens mes cheveux tomber d'un coup sur mes épaules. L'homme à la démarche nonchalante qui entre avec le sourire, et s'enfuit en me dérobant mon pouls qui bat. Que ce soit pour marcher jusqu'à l'entrée de la ville, pour entrer dans la salle de bains, ou pour prendre la porte, tu as toujours ce même pas élastique. Je dors seule, cette semaine, mon mari n'est pas là, je m'enroule dans mes bras vides, ah, si seulement ce pouvait être les tiens. Je dors appuyée sur eux comme si je voulais les écra-

ser, et le matin ils sont morts comme du saucisson, je dois pour les ranimer les masser jusqu'à ce que le sang revienne. Oh Riva ma douce, disais-tu derrière mon oreille, posant tes lèvres sur le petit coin de peau blanche, là, juste avant les cheveux, cueillons dès aujourd'hui les œufs durs de la vie.

Je vais chercher Jeffrey, nous rentrons tous les deux, et nous nous retrouvons dans la cuisine où il m'apprend les pas qu'il a appris à son cours de danse.

Chouba-plié, chouba-plié, psalmodie-t-il en se retenant au bar américain en formica qui sépare la cuisine du living. Dans sa salopette en velours côtelé, il se tortille et s'accroupit avec une maladresse qui me donne une faible idée du pas qu'on lui a appris.

C'est quoi « chouba » ? demandé-je, pauvre ignorante que je suis. C'est ça, dit-il, en tortillant son pelvis Dieu sait comme. Ensuite on fait l'Autoroute, explique-t-il, en montrant l'espace libéré entre ses pieds ouverts en V, mais on n'entre pas dedans, ajoute-t-il.

Ah bon, ça n'est pas une vraie autoroute, dis-je en souriant, ce qui l'énerve.

Ensuite. On fait la méduse, comme ça, et puis hop, on saute en l'air. Et il effectue une espèce de grand jeté, plus ou moins avorté, sur le lino, dégringole à grand fracas, et va bouler dans le placard à pommes de terre. Il se relève, ses chaussettes en tire-bouchon autour de ses chevilles, et il exécute un chassé grand style tout en hurlant houla-houla brocoli !

Comment est-il possible que cet enfant se soit déjà éloigné de moi à ce point ? En un rien de temps, le voilà qui a sa vie à lui, dont j'ignore tout. Je voudrais m'approcher de lui par-derrière, lui couvrir la tête de mon tablier sale qui sent l'oignon, et le réintroduire en moi, je voudrais à nouveau connaître ses os, je voudrais le protéger du reste du monde.

Maman ?

J'ai la cervelle brumeuse, remplie de choucroute. Seuls vivent, ai-je lu un jour, seuls vivent ceux qui savent danser au son de la voix qui est leur tourment.

Tu fais comme ça.

Je sors de mon demi-sommeil. Comme ça ? Je ne suis pas complètement idiote, tout de même. Me voilà sur la pointe des pieds, à m'agiter devant le réfrigérateur, à battre des bras comme un canard malade. Houla-houla, je chante, houlala.

Dans la rue quelquefois, ou au rayon des Écharpes et Sacs à main, il m'arrive de ne penser strictement à rien, d'avoir l'esprit qui brasse son propre vide. Je pense : tout le monde sauf moi a des pensées, tout le monde pense à des vraies choses. Quelquefois ça me fait peur, cette espèce de boîte en os qui me sert de tête, on dirait un cendrier propre et rutilant.

Et quand, au bout de cent ans, suis-je en train de lire à Jeffrey, un prince s'approcha de la Belle au bois dormant dans la forêt et l'embrassa, elle se réveilla en sursaut et lui dit : Prince ! Pourquoi avez-vous mis si longtemps ? Car elle dormait depuis un certain temps, et tous ses rêves repassaient plusieurs fois.

Jeffrey, tout attention, avale sa salive : Comme Starsky et Hutch.

Alors, le prince emmena la Belle au bois dormant dans ses bras et lui dit : Marions-nous, Belle Dame, et nous vivrons heureux jusqu'à la fin des temps, ou jusqu'aux prochains championnats de vol à voile, l'un ou l'autre suivant ce qui tombera en premier.

Ma-man ! lance Jeffrey sur un ton de reproche. Ce n'est pas ça l'histoire !

Oh excuse-moi, dis-je, tu as raison. Le prince dit : Marions-nous, belle endormie. Et je ferai de vous ma Princesse. Et la Belle au bois dormant répond : Ô mon Prince charmant, je vous aime. Mais je dors depuis cent ans, et j'ai maintenant l'âge d'être votre grand-mère.

Jeffrey glousse.

Le prince réfléchit à ce qu'il vient d'entendre, et il est sur le point de dire : Eh bien puisqu'il en est ainsi, je vous tire ma révérence, lorsque soudain l'oiseau bleu du bonheur descend du ciel et toc, il vieillit le prince de cent ans lui aussi. La Belle au bois dormant, qu'est-ce qu'elle a ri, qu'est-ce qu'elle a ri !

Est-ce qu'ensuite ils vécurent heureux jusqu'à la fin des temps ?

Écoute, mon chou, l'histoire ne le dit pas. Toi, qu'est-ce que tu en penses ?

Que oui, dit Jeffrey, sérieux comme un pape.

Toc toc, dit monsieur Fernandez.

Qui est là ? dis-je en souriant. Je suis passé chercher Jeffrey, et je suis garé en double file dans Spruce Street.

Amnésie.

Amnésie qui ?

La lune est pleine, elle est sereine, elle se promène pâle, indolente comme une vache, une vache-lune devant ma fenêtre, qui me serre contre son sein, qui m'emmaillote dans ses replis lumineux. Je m'embarque sur cette lune, je navigue à travers la nuit, je m'écrase comme une vague sur la plage, je fais le tour de la terre, je me déplace comme une vierge solitaire, avec une ampleur, une souplesse dans les flancs, avec dans les yeux la luminosité diffuse du lait, et je m'évanouis peu à peu, mais je continue à voyager, à regarder. Où étais-tu ?

Tout cet argent que je leur dois. Je dois tellement d'argent au magasin que je n'arrive pas à le croire. Aujourd'hui, je dis à Amahara de partir de bonne heure, et je vais dans le petit bureau du fond, je ressors les livres de comptes, et je calcule combien ça fait en tout. Ça fait une telle somme que je ne peux même pas dire combien.

Au moins, j'ai fait les choses proprement. Il y a quelque chose de satisfaisant dans l'arithmétique : des petites piles, des petits tas de chiffres qui vous obéissent docilement.

Mardi, je m'arrête chez Wanamaker's, je choisis des mules en satin rouge pour ma mère, et je sors du magasin sans les payer. Je me dirige ensuite vers l'école de monsieur Fernandez pour passer chercher Jeffrey. À nous deux, la grosse blonde et le petit blond, nous parcourons à pied les seize pâtés de maisons qui nous séparent de l'hôpital Sainte-Véronique. On n'est pas pressés de rentrer, Tom est encore à Scranton.

Sœur Mary Marianne est folle de joie de revoir Jeffrey. Il lui donne un bon gros baiser mouillé sur la joue, et elle rougit en pouffant de rire. Cette scène me met mal à l'aise.

Dans l'ascenseur, je me touche la figure, je me touche les yeux pour voir si tout est normal, anormal ou panormal. Les mots s'entrechoquent, me donnent le tournis, normal, mornal, pornal. Ma vie, elle, elle est quoi ? Jeffrey me tire sur la manche, comme s'il voulait me dire quelque chose. Nous sommes bloqués au troisième étage pendant que deux garçons de salle font entrer dans l'ascenseur un énorme chariot couvert d'appareils et de linges. Je me penche pour que Jeffrey puisse me dire ce qu'il a à me dire, et de ses deux mains, il repousse mes cheveux. Quand il a suffisamment dégagé l'espace autour de mon oreille, il reste là sans rien dire et se contente d'appuyer sa figure contre ma tête.

Jeffrey, mon chou, qu'est-ce qu'il y a ? Les portes viennent de se refermer, nous reprenons notre ascension.

Rien, dit-il à mi-voix.

Rien ? Je me dis qu'il a peut-être eu peur de quelque chose. Je suis toujours penchée vers lui.

Je voulais juste regarder ton oreille, explique-t-il.

Nous entrons dans la chambre sans savoir ce que nous allons trouver aujourd'hui. Nous n'enlevons pas nos impers.

Ma mère semble être dans un de ses bons jours, prête à accueillir gracieusement ce qui se présente à sa porte. Mais nous deux, qui venons de nous coltiner seize pâtés de maisons, nous sommes des parasites, dépare-sites, départ, *exit*.

Riva, ma chérie, Jeffrey. J'espérais bien que vous passeriez aujourd'hui. Et que fait Tom ?

Mais j'ai cru l'entendre dire : Mais qui est Tom ? et je reste sans voix, ah non, ça ne va pas recommencer.

Tu es guérite, Grand-mère ? demande Jeffrey en bâillant. Il a escaladé le marchepied métallique près du lit et il examine en connaisseur la feuille de température.

Il faut que Grand-mère voie le docteur avant de pouvoir partir d'ici, dit-elle.

Ça alors, voilà que ma mère parle de partir, maintenant. Est-ce qu'elle a oublié qu'elle est folle ? qu'elle est catholique ? Je la regarde en face, elle sourit, son visage s'est adouci comme une glace à la vanille qui fond.

Maman, c'est vrai, ce que tu dis ? Tu veux venir chez nous ? (Moi, mi-figue mi-raisin).

On verra, dit-elle, comme je l'ai toujours entendue dire, et comme je me surprends moi-même à le dire à Jeffrey. Mais cette fois-ci, elle a presque l'air d'y croire. Je sens s'insinuer en moi une certaine ambivalence : Comment se comportera-t-elle ? S'obstinera-t-elle à faire recuire les côtes de porc, ronflera-t-elle comme un sapeur quand elle dormira dans le petit salon ?

Les dames disent toujours ça, profère mon fils, sentencieux. Il est maintenant près de la fenêtre et se tient sur la pointe des pieds, ce qui lui permet d'apercevoir l'entrée des urgences dans l'aile d'en face. Ouh, s'écrie-t-il, une belle zambulance !

Écoute maman, ça serait formidable que tu puisses sortir d'ici, et, je te l'ai déjà dit, nous serions ravis de t'avoir chez nous. Je suis assise sur le bord du lit, je lui tiens la main, ne sachant pas au monde ce que je souhaite pour de vrai, étonnée moi-même de mon manque de sincérité. Est-ce que je peux être sûre qu'elle restera tranquillement allongée sur le divan à regarder la télé toute la journée ?

Jeffrey regarde ce qui se passe par la fenêtre et dit : Ils emmènent les malades faire des balades, hein, Grand-mère ?

Je n'arrive pas à m'arrêter de manger. Aujourd'hui, en me voyant me fourrer trois bonbons à la fois dans la bouche, Amahara me fait remarquer : On dirait pas qu'on est en plein carême ! Ça fait des semaines que vous arrêtez pas de bouffer. Silence. C'est pas vrai ?

Ça me rappelle le jour où j'avais acheté une veste d'homme dans une boutique de fripes, une boutique où on revendait les affaires des morts. Dans la poche j'avais trouvé un vieux bonbon et hop, je me l'étais fourré dans la bouche, le bonbon d'un mort. Ma parole, tu boufferais n'importe quoi, m'avait dit Tom.

J'ai tout d'un coup une bouffée de colère contre Amahara. Je sors dignement, sans dire un mot. Je m'approche de Mrs Rosenbaum, une de nos meilleures clientes, et je lui recommande les cachemires coréens. Pendant ce temps-là, chaque atome de mon corps gronde et bouillonne. Un peu plus tard, dans le bureau du fond, je me livre à une petite opération sur les retours du jour. Je vais m'acheter un nouveau lave-vaisselle.

Je me réfugie dans des rêves où je rêve de toi, ton lit défait est comme une immense tartine. Je suis allongée contre toi, lovée dans le crochet que fait ton bras autour de mon cou. Je vais chercher ta main pour la porter à ma bouche, je te mâchouille les doigts, un par un, comme une gosse, et je t'écoute raconter des histoires.

Jadis, dans la nuit des temps, commences-tu, j'avais une attitude bizarre vis-à-vis des femmes. Je me voyais, comme on l'a dit de Cassius Clay, comme une sorte de missionnaire du pelvis.

Ah ! murmuré-je. La fameuse position du missionnaire.

Et les cals de ta main appuient contre mes lèvres et mes dents, et tes doigts pincent mon sourire comme les cordes d'une harpe, je suis à toi, toute à toi, malgré tes histoires je suis à toi.

Je veux suivre un régime. Je veux jouer les sirènes. Être une sirène en sari qui sourit sereine.

Batman me redonne une leçon de danse avant le dîner. Glissé, glissé, goumba, dit-il, et son petit corps souple décrit des S sur le plancher. Maman ! gémit-il, les yeux au ciel, devant mes déhanchements qui s'efforcent de l'imiter. Il prend une voix autoritaire, comme son prof de danse, un Français arthritique et aigri du nom d'Oleg. Ne bouge que tes pieds, le reste suivra. Goumba !

Est-ce que je commence à ressembler à une sirène ? Je crois voir des bâtonnets de carotte et je laisse Jeffrey me conduire. Je fais claquer mes doigts, je me tortille, je m'escrime, je me cogne dans les meubles. Maman, dit Jeffrey en hurlant de rire, tu es trop !

Je finis la soirée seule. Dans la nuit gris souris, la sirène, peu sereine, a des soucis.

La sirène rêve de sucreries.

Tom est là ce soir, il est rentré de Scranton. On se blottit tous les deux sur le divan, sous une couverture, on se murmure des je t'aime, des tu m'as manqué, tiens on se trompe dans les temps. Jeffrey arrive à grands coups de pimpon pimpon dans une petite voiture de pompiers à trois roues.

Papa, maman m'a dit de te demander si je pouvais avoir une carabine à air comprimé.

Jeffrey, dis-je, estomaquée, je t'ai dit qu'il n'en était pas question.

Ta mère a raison sur ce chapitre, dit Tom, emprunté. « Sur ce chapitre », ma parole d'où sort-il cette expression, on dirait un chanoine.

Merde, grommelle Jeffrey, tout en faisant demi-tour et en manœuvrant pour ramener son engin dans l'entrée. Bordel de merde ! Je suis sidérée.

Tu veux bien être un peu poli ! crie Tom.

Aujourd'hui, à l'heure du déjeuner, je m'arrête à l'école de monsieur Fernandez. Il y a là une quinzaine de gosses, tous bien sages, occupés à faire des jeux de construction ou à s'enlever de la peinture des mains. Jeffrey, absorbé par son jeu, lève les yeux vers moi.'jour m'man, crie-t-il. Puis il reprend ses activités architecturales, en l'occurrence la consolidation d'une forteresse à l'équilibre instable. Je trouve une chaise à côté et je reste à le regarder travailler. Tout d'un coup il se lève en se trémoussant, la main dans l'entrejambe. Ouille, ça urge ! crie-t-il, et il file. Pendant qu'il est aux toilettes, je demande à monsieur Fernandez s'il n'a rien remarqué dans la façon de parler de Jeffrey, s'il ne l'a pas entendu dire des gros mots.

Non, dit monsieur Fernandez, surpris.

Jeffrey sort des cabinets, en remontant son pantalon.

Amahara mâchonne un stylo-bille du bureau et dit, oh, il doit lire ça sur les murs des toilettes, y a pas à s'inquiéter.

Bordel de merde ? Il n'a que quatre ans et demi.

Bon, et alors, dit-elle, tout en faisant distraitement craquer le plastique entre ses dents de travers. Par exemple : y a pas de papier cul, bordel de merde. Ou bien : à bas le nucléaire, bordel de merde. Ou bien : à bas le nucléaire, donnez du travail aux handicapés. Ou bien : donnez du travail au nucléaire, balancez la bombe sur les handicapés, bordel de bordel de merde.

Je fais la grimace. Amahara, dis-je, ce que tu fais, c'est de l'association libre.

Liberté, liberté chérie, soupire-t-elle.

Avec Amahara, les clichés prennent une dimension épiphanique.

Liberté, liberté chérie, répète-t-elle avec emphase, et là-dessus elle se lève en me lançant un regard noir et elle prend la porte, me laissant le soin de deviner à quoi elle peut bien faire allusion.

Ce soir, près du lit de Jeffrey, j'ai découvert un crayon de couleur tout mâchouillé, et une lettre que Jeffrey a écrite. Ça commence par Cher Jésus, cher Dieu, salut.

Dimanche. Par ce bel après-midi sans nuages, au temps frais, je sens dans mon cou, dans ma tête et dans mes hanches un besoin lancinant de m'échapper. Je pose Tom et Jeffrey au cinéma, il y a un festival Walt Disney qu'ils voulaient voir tous les deux, et je fais une cinquantaine de kilomètres en voiture, en pleine campagne, vers une cascade et des gorges dont j'ai entendu parler l'année dernière dans un article de l'*Inquirer* intitulé « Des coins fabuleux pour vos pique-niques ».

Pendant tout le trajet j'écoute la radio, ils ne passent que des chansons d'amour : l'amour en camping-car, vivre d'amour et de *gin and tonic*, amour perdu, amour retrouvé, amour reperdu, il y a des gens qui n'ont vraiment pas de chance. Le présentateur est très *clean*, il embaume sûrement l'after-shave, et, par comparaison, le reste du monde a triste mine.

Pendant deux kilomètres je dois me faufiler sur un chemin de terre étroit en priant le ciel que personne ne surgisse en face. Au bout du chemin je gare la voiture, à un endroit où j'en vois une autre déjà garée, et je fais à pied trois ou quatre cents mètres. La piste est noire, rendue boueuse par la fonte des neiges. Je m'embourbe avec mes vieux tennis, j'entends le bruit de la cascade tout près. La gadoue, dirait Batman s'il était là. Je continue à avancer en pataugeant.

La piste qui descend des bois et mène vers le ravin est parsemée de grosses racines noueuses, et je me fraye un chemin avec précaution en me retenant aux troncs d'arbre. Je me dis que je n'ai plus l'âge de faire ce genre de choses, et pourtant je le fais et ça me plaît, ça me plaît beaucoup. La terre sent la vase et les branches des jeunes arbres n'ont pour la plupart pas encore de bourgeons. Un raton laveur, avec loup et rayures élégantes, comme s'il se rendait à un bal masqué pour ratons laveurs, émerge des buissons et se dirige lui aussi vers le ruisseau. Je m'adresse à lui en ce que je crois être sa langue : des petits couinements, des claquements de langue. Il tend l'oreille, visiblement curieux. Je passe au langage humain – Salut monsieur le raton laveur. Alors il pousse un grognement furieux et s'enfuit dans un nuage de fourrure.

Au milieu de la rivière, il y a de longues plaques d'ardoise, et, en sautant de pierre en pierre, je peux sans trop de mal atterrir sur la plus grande et la plus ensoleillée d'entre elles. Un peu plus bas, un vieux pont de pierre à moitié démoli enjambe le ravin. Les pierres sont presque toutes descellées et à moitié cassées. On dirait l'arc tendu d'une bouche sévère qui s'étire d'un sombre rivage escarpé à l'autre.

Je tourne les yeux vers l'eau qui brille en amont, d'une blancheur éclatante, mon Dieu quelle lumière ! La lumière dégringole le long des rochers jusqu'à la zone où commence la végétation, elle épouse les contours du schiste feuilleté comme une pâtisserie. Elle semble surgir (ça, l'article n'en disait pas un mot) du moindre bourgeon, de la moindre vague ou ride de l'eau, elle donne à toute chose sa mesure, ses contours. Au milieu de cette sombre crevasse, on dirait un glacier vivant, aveuglant. Je suis là terrassée, allongée sur l'ardoise comme un lézard, et je sens le soleil qui commence à me réchauffer la peau à travers mes vêtements. Alors je les enlève un par un : ma veste, mes tennis, puis les chaussettes, le chandail, le pantalon, les sous-vêtements. Le soleil lisse ma chair de poule, inonde mes épaules, et tout ce continent incontinent qu'est mon corps. Le soleil me ferme les yeux. Toi, mon soleil. Près de moi le torrent gronde et rugit, il se secoue des torpeurs de l'hiver, il est plein de jeune vigueur. Allongée là comme un gros serpent repu, il me prend la brusque envie de pousser des cris. Je me relève, je trempe mon pied droit dans l'eau. Il n'y a personne en vue, alors je saute de plaque d'ardoise en plaque d'ardoise en poussant de grands « youpis » comme un vacher. Dieu, espèce de sacripant, dans des moments comme celui-ci, je serais presque tentée de croire en toi. N'y a-t-il pas un dieu, des dieux qui veillent sur nous et nous aiment et nous veulent du bien, c'est à ça que ça sert un dieu, à nous aimer et à nous rendre heureux, tiens je suis en train de me faire piquer mon portefeuille.

À trois plaques d'ardoise de moi, derrière moi, il y a un type, torse nu, en jeans, qui farfouille dans la poche de ma veste.

Je file me cacher derrière un buisson.

Le voilà qui remonte la pente en vitesse, croyant que je ne l'ai pas vu. Je ne me décide pas à lui crier après, et peu à peu il disparaît dans les arbres. Je cesse de regarder, j'écoute à nouveau le bruit de l'eau. Tout d'un coup j'ai froid. Je retourne sur ma plaque d'ardoise et je m'allonge. La terre se déplace en frottant contre la membrane bleue du ciel, comme un roulement à billes au mouvement très lent.

Je me frotte les jambes et je me rhabille.

Par chance j'ai encore mes clés. Sur le chemin du retour, pour aller reprendre Tom et Jeffrey au cinéma, j'écoute à la radio la musique des films de Barbra Streisand. Je prends mon temps. Quand j'étais étudiante, j'avais trois livres préférés : *Walden*, de Thoreau, *Agamemnon*, et *En attendant Godot*. C'était trois expériences qui me parlaient. Je fredonne en mesure. Tout d'un coup, flash publicitaire pour la prévention des incendies de forêt. On m'explique que c'est à moi d'empêcher ces incendies, brrr, quelle responsabilité ! Et puis le présentateur, toujours aussi *clean*, et embaumant toujours l'after-shave, annonce qu'on va reprendre *Nos plus belles années*. Je roule lentement, comme un vieillard qui aurait survécu à la guerre.

Pardon, je suis en retard, crié-je par la vitre baissée, en faisant crisser sous mes roues le gravier du parking. Il n'y a plus qu'eux deux devant le cinéma, ils sont là sous l'auvent comme deux tiges de maïs perdues dans la nature, le grand et le petit, tous les deux en anorak bleu marine. Je déverrouille la portière de leur côté, et ils montent tous les deux devant, Jeffrey au milieu. Tom claque la portière.

Pardon d'être en retard, dis-je encore une fois. Jeffrey applique sa main froide sur ma figure pour me faire sursauter, et Tom se frotte les mains sous la boîte à gants en disant « Tu n'as pas mis le chauffage ? ».

J'ai déjà trop chaud, mais je le mets au maximum. La voiture se remplit d'un puissant ronflement et nous voilà partis, un véritable séchoir sur roues. Comment était le film ?

Les radis sont ronds, cite mon fils. Les radis sont rouges. Surtout quand on leur coupe la tête.

C'est ce qu'a dit Danny le Dragon, explique mon mari.

C'est pas Danny le Dragon qui a dit ça, réplique Jeffrey, c'est le canard.

Voyons, Tom, dis-je, tu ne sais pas reconnaître un canard d'un dragon ? Le feu passe à l'orange, et j'accélère pour passer de justesse.

Tom regarde dehors à sa droite. Désolé, mais c'est le dragon.

Jeffrey regarde droit devant lui. Ça n'existe pas, les vrais dragons, hein maman ?

Je jette un coup d'œil du côté de Tom, il a les naseaux qui se dilatent. Nous sommes arrêtés à un feu au coin de Quaker Boulevard. Non mon chéri. Je crois qu'ils ont tous plus ou moins été tués à la guerre.

Pendant la guerre du Vietnam ? demande-t-il avec un intérêt sincère. Pendant la Guerre des deux roses, intervient Tom, qui s'énerve, et qui a mis ses mains sous ses bras. Et pendant la glorieuse Révolution américaine, il y a eu beaucoup, beaucoup de pertes chez les dragons.

Tu vas lui embrouiller les idées, dis-je entre mes dents, tout en appuyant brutalement sur le champignon pour repartir.

Ses idées, elles sont déjà assez embrouillées, crois-moi, s'écrie brusquement Tom en tapant avec colère sur le tableau de bord. Jeffrey se cache la figure dans ma manche. Puisque je te dis que ça n'était PAS LE CANARD !

Pardon d'avoir été si irritable, dit Tom une fois que nous sommes au lit, allongés dans le noir, les yeux fixés au plafond. Je tourne la tête pour le regarder. Il a pleuré. Il a des cheveux collés en triangle contre son front. Riva, aide-moi, gémit-il, et il a à nouveau le visage qui se défait, mais cette fois sans larmes. Je sens ses côtes qui se soulèvent. Il ramène son bras plié devant sa figure pour se cacher derrière. Je me rapproche de lui, allongée sur ma hanche, je me presse contre lui, je serre sa tête contre moi, je dégage son bras, je dis : Tom, dis-moi. C'est encore Scranton, c'est ça ? Il essaie de faire non de la tête, et puis il y renonce. Il fait oui, et cela semble apaiser d'un coup les mouvements de sa cage thoracique. Ses yeux me regardent avec une expression traquée.

Je pose doucement ma main sur sa joue, mais je ne l'embrasse pas.

La dame de la boutique diététique va sûrement mourir bientôt. Elle a les yeux bouffis, les lèvres desséchées, comme soudées l'une à l'autre. Si elle essayait d'ouvrir la bouche, ça ferait un bruit de Velcro. La porte se referme derrière moi avec un bruit de grelot.

Salut ! dis-je avec entrain. Vous savez quoi, on remet ça avec Scranton, elle s'obstine, celle-là ! Qu'est-ce qu'on y peut ? C'est peau de balle et balai de crin, si vous voyez ce que je veux dire.

Je dis n'importe quoi. Tout ce que je veux, c'est l'empêcher de mourir.

Tom, je ne lui reproche rien, remarquez. On a chacun nos petites manies. Moi, tenez, c'est de manger des crackers par paquets entiers.

Sa bouche laisse entrer l'air, comme un poisson hors de l'eau. Désolée pour vous, dit-elle.

Mais je ne sais pas si elle veut parler de Scranton ou des crackers, alors je me contente de dire, oui, j'ai sûrement besoin de vitamines, et je me tourne avec un regard douloureux vers le rayon où elles sont rangées.

Amahara, tu veux bien venir, s'il te plaît, t'occuper du compte de Mrs Baker ?

Cette vieille peau ?

Je fronce les sourcils. Mrs Baker est là à moins de deux mètres. Ce que je veux dire, reprend aussitôt

Amahara sans se laisser démonter, et saisissant un sac qu'elle tend en souriant à Mrs Baker, c'est que rien ne vieillit mieux que la peau de porc.

Peut-être que je devrais faire autre chose. Entrer dans l'enseignement, par exemple, dis-je à ma mère qui est à nouveau dans une de ses crises de sénilité, mais qui exige de moi que je lui confie mes secrets d'ordre domestique ou professionnel. Elle jure qu'elle a tout oublié, et qu'il faut que je lui raconte à nouveau mes ennuis. Elle a en tout cas complètement oublié qu'elle avait le projet de quitter Sainte-Véronique.

Ce Tom, est-ce qu'il a une nouvelle maîtresse ? demande-t-elle avec sévérité, comme si c'était là une explication possible de mon envie de quitter Leigenbaum's.

Non non, ça n'est pas ça, dis-je bien vite, et je branche la conversation sur le chewing-gum qu'elle mâche et qui sent la crème solaire.

Miel-noix de coco, dit-elle. Ça n'abîme pas mon dentier.

Il y a un long silence. Je regarde mes mains.

Ce qu'on fait de mieux, dit ma mère. Miel-noix de coco. Garanti naturel.

Pourquoi est-ce que ton image me poursuit ? Comme un tatouage que j'aurais sur la langue, comme la feuille de laurier qui reste toujours au fond de la casserole. Tu t'allongeais, prenant tes aises, à mes côtés, tu me chantais mon horoscope sur le rythme d'une symphonie de Schubert. Il était question de voyages, de fortune enfin retrouvée. On restait là allongés, on avait tous les deux mauvaise haleine, et des sous-vêtements aux élastiques détendus. Tu t'es tourné vers moi, tes yeux brillaient comme deux allumettes, tu as reposé l'horoscope, tu as suivi de l'index le tracé de mes côtes, tu t'es attardé sur ma clavicule, comme on admirerait un arc-boutant, et tu as murmuré : Très jolie, cette clavicule. Moi, pas habituée, vaguement inquiète, ne sachant pas trop quoi dire, j'ai susurré : Monte chéri, je vais te montrer ma clavicule.

Jeffrey, rentre immédiatement, crié-je par la porte qui donne sur le jardin. La nuit tombe et le dîner est prêt. Il joue à la guerre contre les feuilles avec sa copine Angela Dillersham. Ils ont à la main de grandes baguettes.

Jeffrey, tu m'entends ?

Ouais, dit-il, et il marmonne « salut » à Angela, puis il rentre en traînant la savate par la véranda. Bordel de merde, dit-il tout en montant les marches. Quand il arrive à la porte, je lui flanque une claque, et je l'envoie en larmes dans sa chambre, sans spaghettis, sans salade de fruits, baguette confisquée.

Où est Jeffrey ? demande Tom.

Il est puni, dis-je en tortillant mes spaghettis autour de ma fourchette.

Mais tu l'as déjà envoyé dans sa chambre sans dîner avant-hier, dit Tom en crevant du doigt un grain de raisin trop mûr. Si tu continues comme ça, cet enfant va finir par mourir de faim, bordel de merde.

Tom, monte dans ta chambre, dis-je.

Mais il ne bouge pas. Il reste là. Il me regarde en battant des paupières, abasourdi.

Nous sommes dans la chambre de Tom. Il y a bien là mes rideaux et mes vêtements, mais c'est vraiment la chambre de Tom, elle a pris une couleur verdâtre, glauque comme un aquarium qui aurait besoin d'être nettoyé. Il faut qu'on parle, tous les deux, dit-il.

Qu'on parle de quoi ? demandé-je.

De Scranton, de Julia. Tu sais bien. C'est à la racine de tout le reste.

Quel reste ? C'est qu'avec moi, il faut des précisions.

Eh bien, de cette espèce de ravin qu'il y a entre nous.

De ravin ? Ah oui. Je repense à mon portefeuille volé. Dedans, il y avait des photos. Et une carte où je m'engageais à donner mes yeux. Et puis je repense au soleil, toi mon soleil.

Je suis sûr que tu as de la peine à le croire, continue-t-il. Après toutes les promesses que je t'avais faites l'année dernière, et maintenant, tout ça… qui recommence…

Tout ça ? Ma technique est au point.

Julia.

Ah ! d'accord, Scranton. J'ai toujours trouvé qu'elle avait un nom affreux.

Tu dois avoir l'impression de te trouver prise dans un cercle vicieux. Sa voix est bienveillante, compréhensive. Je sais que moi, en tout cas, c'est l'impression que ça me fait, poursuit-il.

Cercle vicieux ? Je sens les sarcasmes prêts à jaillir de ma gorge avec des croassements de corbeau. Cercle vicieux ? Monte, chéri, je vais te montrer mon cercle vicieux.

Je divague complètement.

Pâques. On fait le minimum. Jeffrey trouve tous les œufs en sucre et garde pour moi ceux qui sont violets. L'air se réchauffe, on a du mal à dormir. Les chenilles qui mâchonnent les arbres et les dénudent font un bruissement de vent. Les journées ont l'odeur d'une cage de hamster, des morceaux de feuilles encombrent les allées.

J'ai envie de toi, en vie de toi, en vide de toi.

Ce soir, Jeffrey mange tout son dîner. Il a été adorable toute la journée, il m'a rapporté une gravure sur pomme de terre qui représente la cloche de la liberté. Quand il est couché, je lui lis une histoire où il est question d'un petit garçon mexicain et de sa tirelire. Jeffrey dit : Et moi je vais faire ça aussi, casser ma tirelire ? Je lui explique que la sienne c'est différent, c'est un cadeau de monsieur Fernandez, elle est là pour faire joli, il ne faut pas la casser. Il bâille, il marmonne des plic plac ploc, d'où il sort ça, je n'en sais rien.

Est-ce que Dieu est un géant comme Hercule ? demande-t-il juste avant de s'endormir comme une masse. Je suis assise sur le bord du lit et je dis : Dieu est un géant comme le soleil ou comme le ciel, une immense nappe liquide dans laquelle nagent toutes les planètes.

Est-ce que Dieu pourrait tuer un gorille ? demande Jeffrey.

Je me tartine du fond de teint couleur pêche sur mes boutons autour de la bouche, et je retourne voir monsieur Fernandez à l'heure du déjeuner. Il me répète que tout va bien pour Jeffrey, que je n'ai pas de raison de m'en faire pour son vocabulaire. Je suis assise à côté de monsieur Fernandez à une petite table basse pour enfants, je regarde Jeffrey et les autres jouer. Il remarque que j'ai l'air déprimée, il pose sa main sur la mienne, sans rien dire.

Monsieur Fernandez, finis-je par lui demander. Êtes-vous heureux ?

Il regarde droit devant lui pendant une minute.

Riva, finit-il par dire. Vous ne posez pas les bonnes questions.

C'est quoi, les bonnes questions ?

Ah, dit-il en prenant des airs mystérieux.

Ah, dis-je à mon tour. On se croirait chez l'oto-rhino. Il hoche la tête, sourit dans sa barbe.

Une petite fille aux cheveux courts aussi pâles que l'intérieur d'une peau de citron arrive en courant et vient poser sa joue contre le genou de monsieur Fernandez. Elle a au coin de la bouche des restes de petit gâteau au chocolat. Et maintenant, je peux avoir du jus de fruit ? demande-t-elle en passant les doigts le long des côtes de son pantalon en velours côtelé. Elle s'arrête et lève les yeux vers moi d'un air perplexe. Un petit morceau de gâteau tombe de sa bouche. Qu'est-ce que tu aimes, comme jus de fruit ? demandé-je avec un empressement excessif, artificiel.

Elle me regarde, sourcils froncés, elle prend la main de monsieur Fernandez, et l'entraîne vers le réfrigérateur à l'autre bout de la pièce. Il me regarde, l'air de dire : Vous voyez. Eh oui, je ne pose pas les bonnes questions.

Au magasin, la situation est tendue. Les gens sont de bois, à peine polis, les yeux rétrécis comme des pépins de pomme.

Au lit avec Tom. Il me tient dans ses bras. C'est vraiment trop moche, dit-il. Je t'aime. J'aime Jeffrey, c'est fou ce que je l'aime, ce gosse.

Moi aussi, dis-je après avoir marqué une pause.

Un long moment passe, puis il dit : Qu'est-ce qu'on va faire ? Tu veux divorcer ?

Tu es mon mari, dis-je en articulant avec difficulté, comme quelqu'un qui sort d'une attaque. Je sens ma langue enfoncée dans ma gorge comme une écharpe ou comme un sac à main.

J'ai envie d'écrire un livre sur les herbes médicinales, dit la femme de la boutique diététique. Ses cheveux tombent le long de ses joues gris-rose et viennent s'étaler en mèches sales sur les épaules de son chandail gris-rose.

C'est bien d'avoir un projet, dis-je en m'efforçant de prendre un ton jovial, encourageant. Quelque chose qui vous soutient, à quoi on peut toujours revenir.

Quelque chose qu'on aime, dit-elle en brandissant un petit brin vert de Dieu sait quoi. Elle me regarde, elle arbore un pâle sourire.

Aujourd'hui, j'ai fait un coup de mille dollars.

Les choses. Il y a des moments où on n'a pas le choix, il faut les faire et voilà tout.

Qu'est-ce que tu veux faire quand tu seras grand, Jeffrey ? lui demandé-je tout en coupant, hachant, écrasant, touillant, dans la cuisine.

Conducteur de voiture.

Conducteur de voiture ?

Oui, on conduit des voitures, dit-il, et il se met à parcourir la pièce en vrombissant avec des demi-tours et des marches arrière.

Jeffrey, viens me remuer ça, s'il te plaît.

OK, dit-il, obéissant, et nous nous retrouvons tous les deux côte à côte sur nos tabourets devant le bar américain. Il est nerveux, agité. De mon unique main propre, je lui balaie une mèche qui lui tombait sur la figure. Toute sa tête tiendrait presque dans cette main.

Toi, qu'est-ce que tu veux que je fasse quand je serai grand ? demande-t-il en remuant la pâte et en se léchant un doigt.

Je veux que tu sois fort.

Je suis fort en gravures sur pomme de terre, dit-il.

Non, je ne veux pas dire fort en ci ou ça. Je veux que tu sois fort tout court. Grand, fort et sage.

Je suis fort et sage, dit-il.

Oui, tu es fort et sage. Je souris, je lui décoiffe les cheveux, et puis je les recoiffe.

Il tend la main, joue avec ma boucle d'oreille. Maman, j'aime bien quand tu es élégante, dit-il.

Je sors de la salle de bains toute nue.

Ohé Tom, ohé les gars de la marine. Voilà votre nana, votre cœur à la crème, votre vacherin, votre chabichou. Et je m'affale sur le lit comme un gros tas de fromage blanc.

De sous les draps, Tom vient me prendre la main. Riva, tu m'inquiètes. Tout n'est que plaisanteries, avec toi. Tu passes ton temps à jouer avec les mots, tu les prends avec le bout de la cuiller, tu ne les attrapes jamais à pleines mains.

La vie est un calembour, dis-je. On entend un truc, mais on sait bien que ça veut sûrement dire autre chose.

C'est creux, ce que tu dis là, Riva. Ça ne veut rien dire du tout. Il dit ça avec un soupçon de tendresse, comme s'il ne voulait surtout pas me faire de peine.

Ah bon ? Me voilà toute déconcertée. Les assurances sont assurément le grand refuge de la santé mentale. Je me glisse plus profondément dans le lit, j'enfonce ma figure contre les côtes de Tom, ses côtes solides et rassurantes. Voilà, me dis-je, ce qu'il faudrait aux lèvres de Velcro de la femme de la boutique diététique, ne serait-ce qu'une nuit, qu'une seule nuit. Mais qu'est-ce qui me prouve, en fait, que ça n'a pas eu lieu ?

J'ai apporté à ma mère des roses et la trilogie de Tolkien. Elle esquisse un pâle sourire, puis met les livres de côté. Comment s'appelait-il, déjà ? demande-t-elle tout en versant de l'eau glacée dans un verre.

Dans les toilettes réservées aux employées, chez Leigenbaum's, quelqu'un a écrit : Je suis vierge, je dois avoir un problème. Au-dessous, il y a plein de graffiti féministes qui l'assurent que non, et, encore au-dessous, quelqu'un a écrit en grandes lettres rouges : « Je suis peut-être un poisson, d'accord, n'empêche que je veux une bicyclette ! »

Au rayon des Écharpes, une cliente me demande si les noms de marque, ça a vraiment une importance. Je lui fais mon speech habituel sur la différence entre les filatures françaises et les filatures italiennes, et sur le fait qu'il faut soutenir les artistes vivants.

Parce que vous pensez vraiment que ça fait une différence de se faire baiser dans un foulard de chez Pucci ou bien dans un foulard Hermès ? me demande-t-elle.

Je fixe son nez, solidement accroché à sa figure. Ah, parce que vous vous faites baiser dans des foulards ? finis-je par dire.

Il y a un problème avec ces reçus, dit le directeur régional qui est là pour la journée, en visite d'inspection. Amahara est assise à côté de lui, sans un regard pour moi, le visage fermé comme un store. On vient de m'appeler dans le bureau.

Je ne vois pas bien ce que vous voulez dire, dis-je.

Je crois que vous voyez parfaitement, dit-il. Je pourrais porter plainte en prouvant qu'il y a eu là négligence coupable, voire délit prémédité, mais le résultat serait le même. J'ignore quels sont vos problèmes, Riva, mais vous êtes renvoyée. Sans indemnités. Vous pouvez ramasser vos affaires et partir cet après-midi.

Excusez-moi ? Visiblement, je ne pose pas du tout la bonne question, car il se lève et sort sans me répondre, Amahara sur ses talons.

Une odeur de bretzels chauds dans la ville de l'amour toujours. Une femme s'est mis de la confiture sur son bras artificiel pour attirer les abeilles à Rittenhouse Square. La vapeur descelle les plaques d'égout, les voitures les remettent en place avec un bruit régulier, tchoc tchoc. La chaleur poussiéreuse du métro s'élève des escaliers en ciment, et un vendeur de rue avec un soupçon de pelade crie quatorze carats, chez Bonwit's ils vous le vendent vingt dollars, nous vous le donnons pour dix dollars. La musique se rapproche, emplit l'air, puis décroît et disparaît : intrusion fortuite et brève comme le trajet d'un projectile. J'arpente les rues, bouffie, mal soignée : un W.C. Fields en travesti. Mon mascara, charbonneux, a barbouillé mes yeux, dans les vitrines des magasins j'ai du mal à me reconnaître. J'entre dans les boutiques, je tâte les vêtements, et je repars, tout ça dans une espèce de brouillard, j'entends autour de moi le brouhaha de la foule, je vois les gens, tourner sans fin dans les portes-tambour. Tout le monde a bu trop de café. Des chenilles rampent sur le bord des trottoirs comme des chromosomes. Et moi je rôde lentement, à la recherche de quelque chose à manger.

Devant Beefsteak Charley's je pose les yeux, à l'aveuglette, sur le menu et sur une affiche de cirque, et tout d'un coup j'aperçois Tom à l'intérieur, en train de manger. Il est avec une femme maigre aux cheveux bruns et avec Jeffrey qu'il n'était pas censé reprendre chez monsieur Fernandez avant six heures. Le clown du cirque fait une grimace.

J'ouvre la porte, j'entre. Il n'y a pas grand monde. Au milieu de la salle, il y a un gigantesque *salad bar* protégé par un auvent. Ils doivent avoir au moins trois sortes de salades de macaronis là-dedans.

Tom lève les yeux, un peu interloqué de me voir là. Riva, dit-il, pris de court. Je croyais que tu rentrais tard ce soir.

'jour m'man, dit Jeffrey, la bouche pleine de salade de maïs et de salade de betteraves. Regarde ce que Julia m'a donné. Et il montre le tee-shirt bleu de l'Université du Kentucky qu'il a sur lui.

Super, dis-je.

C'est là que j'ai fait mes études, sourit la brunette.

Pardon, les présentations, dit Tom, nerveux. Riva, je te présente Julia. Julia est poète, dit-il, la bouche en cœur. Elle enseigne à Scranton.

Oui, je crois savoir, dis-je, une étincelle dans l'œil, et je sens l'urticaire qui me pousse d'un coup, de véritables pustules près de la bouche, prêtes à percer. Comment allez-vous ? Espérons que c'est la bonne question. Et je continue sur ma lancée : Je croyais que ça n'était jamais maigre, les poètes.

Tom me regarde mi-chèvre mi-chou, Julia sourit, l'air exquis.

Tom, je peux te parler une minute ? dis-je, toujours debout. Bien sûr, répond-il, et nous retournons ensemble vers l'entrée du restaurant. Nous passons devant la caisse où il n'y a personne pour le moment, devant le téléphone, devant les piles de menus et les boîtes d'allumettes publicitaires qui disent « QUEL PUNCH, LE BŒUF ». Je pose mon sac à main sur la coupelle qui contient des chocolats à la menthe, je tends lentement la main vers un couteau à steak sur la table vide à côté. Au moment où Tom dit « Mais qu'est-ce que tu fais, qu'est-ce que c'est ? ». Je regarde son front qui se dégarnit comme une plage à marée basse, je lui dis « Tu es mon mari, bon Dieu », et je lui plante le couteau dans les côtes.

Ça ne va pas très loin, c'est comme d'enfoncer quelque chose dans un radiateur, mais quand je lâche le couteau, il reste planté là un moment, puis il retombe sur le tapis comme une petite chauve-souris sans ailes. Tom fait une affreuse grimace, les yeux révulsés. Il s'affale près du téléphone, décroche l'écouteur, il commence à faire le 911. Il a du sang qui éclabousse sa chemise blanche, comme des cardinaux sur la neige, ou des bonnes sœurs en blanc qui auraient pris des coups de soleil. Je n'ai plus toute ma tête, je me rends compte qu'on s'agite dans la salle, qu'il y a des gens qui crient, des serveurs en nœud papillon qui sont sortis des cuisines, et Julia toute rouge qui, en véritable poète qu'elle est, murmure merde, foutu bordel de merde, et qui s'approche en titubant un peu. Quant au petit garçon en tee-shirt de l'université du Kentucky, il reste paralysé sur sa chaise, la main crispée sur sa fourchette pleine de salade de maïs, le visage ramolli par la peur comme de la pâte de guimauve. Mon Dieu, mon Dieu, murmuré-je, les mains devant la figure.

Tu ne reverras jamais Jeffrey, ça je peux te l'assurer, murmure Tom. Cette crispation sur son visage, et dans sa poitrine, ce quelque chose d'énorme et de douloureux. Il fournit les informations nécessaires au téléphone, et bientôt on entend les sirènes.

J'ai une chambre pour moi toute seule. Quelqu'un m'a envoyé des fleurs. Est-ce toi, Phil ? Qui d'autre, qui d'autre penserait à moi ?

Monsieur Fernandez passe me voir à Sainte-Véronique pendant les heures de visite.

Est-ce que vous vous rendez compte, dit-il, qu'il y a une bombe atomique suspendue au-dessus de la tête de chacun d'entre nous, comme une énorme tirelire mexicaine ?

Je commence à comprendre ses métaphores.

Et vous, voilà ce que vous faites, dit-il. Mais enfin, pour qui vous prenez-vous ?

Je me dis par-devers moi que ça doit être ça, les bonnes questions, les questions qu'on est censé poser.

L'orgueil naquit un jour de la diversité, dis-je pour dire quelque chose.

Il se penche pour m'embrasser. Riva, dit-il. J'ai vu votre mari aujourd'hui. Il va bien, mais il dit que ni lui ni Jeffrey ne viendront vous voir.

Je regarde par les fenêtres, je vois des bâtiments gris, tout gris, et je me mets à pleurer. Je pleure, je n'y peux rien.

Je vous ai apporté quelque chose, dit monsieur Fernandez en me tenant par l'épaule d'une main et en me tendant de l'autre un millefeuille enveloppé dans de la cellophane.

Je me mouche, je défais la cellophane, je casse un morceau du millefeuille, et je me le fourre dans la bouche. Je suis cinglée, dis-je, la bouche pleine.

Vous êtes malheureuse, dit monsieur Fernandez. Souvent ça revient au même. Vous êtes malheureuse, parce que vous croyez que c'est possible d'être heureux.

Je m'arrête de manger. J'ai mal au cœur. Je ne crois pas que je vais finir votre millefeuille, dis-je, et je balaie les miettes du lit.

Je vais vous laisser. J'étais juste passé vous dire bonjour.

Je regarde sa barbe magique à la Jésus-Christ, et je m'angoisse. Ne partez pas.

Je reviendrai vous voir demain, dit-il d'une voix douce.

Merci, ho merci, dis-je. Je n'ai jamais été si reconnaissante de ma vie.

Les garçons de salle font rouler les journées autour de moi comme des chariots d'hôpital.

Monsieur Fernandez vient me voir, mais personne d'autre. Mon mari et mon fils sont Dieu sait où, ils font des promenades et retiennent leurs larmes.

Les fleurs quand elles vieillissent, les marguerites quand elles meurent, ont l'air de vieilles clochardes : le teint vif, pas de chapeau, les mèches de cheveux qui pendent. Les tulipes, quand elles se fanent, deviennent comme des cages à oiseaux qui renferment six étamines desséchées dont on perçoit à peine le gazouillis.

Les bâtiments gris remplissent de sel mes fenêtres, et mes ruminations. Qui fus-tu jamais ? Perte de conscience qui remplit mes journées, mon insomnie se nourrit de ton insomnie, tu es mon mari de jadis. Quelquefois j'ai l'impression que je t'ai inventé, mais quelquefois j'ai l'impression que tu vis tout près d'ici, dans cette ville même, dans ma maison, enterré dans la cave ou dans la paperasserie et les voyages d'affaires, te relevant la nuit comme une chose du passé dont je peux souhaiter la mort : meurs, va, meurs.

Ma mère est deux étages au-dessus de moi. Ça pourrait avoir un côté comique, mais non, ça n'a rien de drôle. Finalement, on nous permet de nous rencontrer, en robe de chambre, à la cafétéria du rez-de-chaussée.

Eh bien, dis-je, comme Humphrey Bogart quand il retrouve Ingrid Bergman chez Rick : ça n'a rien de très amusant, nos histoires.

Riva, dit-elle. Ton père était fou. Il donnait des coups de poing dans les voitures, et il menaçait d'avaler des choses. Tu as sans doute hérité de ses gènes.

J'aime avaler des choses, c'est vrai, dis-je.

Aujourd'hui, c'est vendredi. Les bonnes sœurs sont plus aimables, mon œil se tient tranquille, ma peau est moins terne, mon corps plus mince. Je fais la sieste l'après-midi, et je fais un rêve doux-amer dans lequel tous les amis de ma vie viennent prendre de mes nouvelles.

Quand je me réveille, Sœur Henriette frappe à ma porte et me dit, il y a un monsieur qui veut vous voir.

Je suis encore à moitié dans mon rêve, j'arrange mes cheveux en hâte, et je dis, comme dans les films, voilà, ma Sœur, vous pouvez le faire entrer. Je me tourne pour regarder par la fenêtre : les bâtiments gris de ma vie, les bâtiments gris.

Et c'est Jeffrey qui apparaît dans l'embrasure de la porte. Il est là, petite silhouette solitaire. M'man, couine-t-il, et puis il s'approche du lit. Il porte un tee-shirt trop grand pour lui de l'université de Pennsylvanie, et il le tire-bouchonne dans une de ses mains.'jour M'man, dit-il.

Mes hanches me font mal. Mes yeux me brûlent, heureux tristes heureux. Tu as un beau tee-shirt, Batman, dis-je.

Il tire dessus. Papa dit que c'est là que tu as fait tes études, dit-il, trop loin de moi pour que je puisse lui toucher le bras.

Comment ça va, mon chou ? demandé-je.

J'ai cassé ma tirelire, dit-il. Je l'ai cassée pour l'ouvrir. Il se tortille un peu, il avale sa salive avec difficulté, ça fait un petit bruit, il lève les yeux au plafond. Et il n'y avait rien dedans, ajoute-t-il. Mais il y a un cirque qui vient bientôt. Il va y avoir un cirque.

Il reste là à distance, craintif, se tenant les mains. Tout en moi lui paraît étrange, étranger. Peut-être qu'il pense que je suis devenue Grand-mère.

M'man, est-ce que tu es mon amie ? demande-t-il, à peine audible, le visage pâle, exilé.

Je fais oui de la tête.

Est-ce que tu es ma mère ?

À nouveau je fais oui, en souriant, et il réfléchit à ma réponse. Puis il s'approche de moi, il grimpe sur mes genoux, se love entre mes seins, s'accroche à ma chemise de nuit, et fond en larmes. Son visage se défait, il l'enfouit contre moi. Je veux aller au cirque voir les écuyers, pleure-t-il tout rouge, tout mouillé, et je le serre contre moi, bien au chaud dans mes bras, dans cette chambre, et je lui promets que bien sûr nous irons.

Table

Comment devenir une autre femme........ 5
Ce qui est repris 33
Petit guide du divorce à l'usage des enfants . 67
Comment 73
Départ, mode d'emploi 89
Comment parler à votre mère (notes) 113
Amahl et les visiteurs nocturnes :
guide de l'amour en musique 129
Comment devenir écrivain 157
Le creux, Phil........................ 171

RÉALISATION : IGS-CHARENTE-PHOTOGRAVURE À L'ISLE-D'ESPAGNAC

CPI Bussière

Cet ouvrage a été imprimé en France par
CPI Bussière
à Saint-Amand-Montrond (Cher)
en mars 2010.
N° d'édition : 102289. - N° d'impression : 100215.
Dépôt légal : avril 2010.